CB049145

Helena Argolo

feito pirata

exemplar nº 109

Curitiba
2022

colagem da capa **Julie Fank**

projeto gráfico **Frede Tizzot**

edição e revisão de texto **Julie Fank**

A 693
Argolo, Helena
Feito pirata / Helena Argolo. – Curitiba : Arte & Letra, 2022.

160 p.

ISBN 978-65-87603-33-9

1. Ficção brasileira I. Título
CDD 869.93

Índice para catálogo sistemático:
1. Ficção: Literatura brasileira 869.93
Catalogação na Fonte
Bibliotecária responsável: Ana Lúcia Merege - CRB-7 4667

Arte & Letra
Curitiba - PR - Brasil
Fone: (41) 3223-5302
www.arteeletra.com.br - contato@arteeletra.com.br

este livro nasce de todas as aulas que frequentei. de todas as amigas a quem ouvi. de todas as histórias que um dia me entregaram. eu não criei nada, eu processei. o escritor é só um liquidificador. de histórias e de palavras.

agradecimentos

A minha gratidão a cada um que acreditou na Lara e na minha capacidade de colocá-la de pé. Minha turma de Escrita Criativa e Outras Artes, Amanda Merlin, Daniel Montoya, Flávia Farhat, Thaiana Wielewski, pura saudade de quando eu me parecia com as plantas. Às minhas primeiras leitoras, Raquel Sá, Alice Lima, Leila Carinhanha e Jully Martins, pelo risco que correram ao ler uma história aos pedaços; Larissa Kautzmann, que leu no prelo só para me dar uma injeção de ânimo, e Marla Isa, que andou por Nápoles buscando um tomate e inspirou algumas passagens desse romance. Luci Collin, que me ensinou a soar e a subverter. Julie Fank, por tanta coisa que nem cabe, se organiza ou enumera, por saber ensinar como se emociona, por ter tropeçado em mim. Jane e Geraldo, meus pais, por me fazerem leve e me permitirem ventar. Fernando, por me contrariar o tempo todo e gostar de estar comigo mesmo assim. Heitor e Benício, que nunca deixei nem deixarei de carregar dentro do meu corpo. Ao Dr. Robério Nunes, que se foi enquanto Lara chegava em meio a uma lua cheia e uma garrafa de merlot das boas. Ele, que me tirou as vírgulas. E o leitor que se arranje para respirar.

prefácio

Das espadas e das bainhas, um comentário insuspeito

por Julie Fank

Parece oportuno que, lançada ao mar, uma garrafa carregue uma mensagem cuja velocidade seja medida em nós. É de empecilhos e apertos, sinônimos possíveis dessa unidade de medida marítima, que se fazem os mapas que levam ao que quer que se eleja por tesouro.

A exemplo das pedras colecionáveis que povoavam a estante de um dos personagens, este texto, feito São Lourenço, dá o outro lado da carne pra assar, é pedra bruta, cheia de aresta, mas não por isso poderia receber a acusação de ser escrito às avessas. Como quem sabe e aprendeu com a vó que bem feito é o bordado que se deixa ver no verso e se mantém impecável, Helena Argolo nos mostra que pensou nas frestas como passagem de luz, como que num capricho de artesã, que se diverte com o enovelamento e a organização melindrosa dos fios. São seus os fios, saídos de anos encasacados na Curitiba de poucos sorrisos e jamais poderiam ter sido escritos por quem se forjou apenas nessas ruas melancólicas com cachecóis e guarda-chuvas a tiracolo.

Com os pés na areia e uma respiração branquial, a narradora a que Helena dá voz sabe que sua origem vulcânica não sobreviveria escondida em alguma catacumba. O dialeto do olho de Lara com sua mãe, os diálogos mudos possíveis, a perda cortante do irmão e o pai, ah, o pai de Lara, essa figura que esculpe nela os sedimentos da herança que carrega, o nome de pedra, as próprias pedras numa óbvia aliteração, os pesos. Com a mãe de Lara, personagem principal deste romance-maresia, aprendemos que louça é feita pra trincar. Com o pai da mulher Larimar, aprendemos que as pedras podem ser lidas em suas fendas e protuberâncias.

Que eu fale que João Ubaldo teria dores de cotovelo pela profusão de Brasil que se instala aqui talvez pareça ainda mais suspeito, mas juro de pés juntos, pela biblioteca que me encara de viés, desconfiada, que não exagero. Helena Argolo, a gema do nome que escolheu para batizar a escritora que nasce oficialmente com esta publicação, põe pra correr qualquer fumaça de desabafo ou desatino, recursos aos quais pudesse recorrer em busca de um caminho ameno para contar suas histórias. Em vez disso, assumiu o risco. Também me ponho à prova quando digo que uma carreata de adjetivos notáveis me passa pela cabeça enquanto escrevo estas poucas linhas, mas prefiro que o livro diga por si mesmo.

Não bastasse o périplo que rouba noites de sono de quem topar o embarque imediato na história de Larimar, a protagonista que persegue tomates, outra fabulação se coreografa no imaginário da plateia, as já enfermas histórias de piratas, aqui, recompassadas com seu tempo. *É preciso ter respeito pelos rabiscos lentos do vento nas nossas superfícies*, afinal, Helena honra o cânone. Se quijila é o nome para aquilo que desagrada o orixá, é também a própria desmedida que faz deste texto um desencaixe, um pote com pedaços de lego, emulando conchas, já decantados na água colhida no mar. É assim que se conservam os tripulantes deste texto, sempre em busca, mesmo sabendo que as coisas são como são. Ao tomar para si a caneta e montar seu próprio barco de lego embebido de sal, a escritora que se apresenta aqui deixa as frases mais acordadas do que nunca. Tenho em mim que Helena sabe que cada um faz o tamanho de seu tesouro e não poderia ter concebido este texto perto do mar: foi a falta daquele sal que cura nesta ilha Curitiba que forjou um superlativo Feito pirata. Entre espadas e bainhas, com figurino digno de travessias de muitos nós, este texto só poderia ter sido escrito aqui, com rasgos costurados à própria pele. Que sorte poder, agora, engarrafá-lo e soltá-lo no mapa, quem sabe de volta ao mar, *É tempo, agora, de puxar outra parte do fio e, bem, fazer um novo crochê.*

Julie Fank é escritora, artista visual e professora. Não vê a hora de dividir a estante com os livros que estão prestes a sair da caneta que concebeu esta história.

marcações de tempo e espaço

superfície.

I. [22°58'18.1"S, 42°01'12.9"W]
II. [25°25'26.2"S, 49°21'09.8"W]
III. [25°25'40.2"S, 49°16'45.7"W]
IV. [18°29'46.7"S, 69°54'08.1"W]
V. [22°58'18.1"S, 42°01'12.9"W]
VI. [25°25'16.3"S, 49°16'31.9"W]
VII. [25°25'39.9"S, 49°16'17.4"W]
VIII. [25°26'03.1"S, 49°16'27.8"W]
IX. [20°30'29.9"S, 29°20'27.0"W]
X. [17°53'04.9"N, 70°57'11.5"W]
XI. [25°53'37.9"S, 49°33'46.4"W]
XII. [20°30'29.9"S, 29°20'27.0"W]
XIII. [40°48'51.0"N, 14°35'53.4"E]
XIV. [20°03'37.2"N, 72°48'20.9"W]
XV. [18°07'10.5"N, 71°08'35.8"W]

camada.

I. [10°03'37.0"S, 41°46'46.5"W]
II. [25°24'45.1"S, 49°17'18.1"W]
III. [20°30'29.9"S, 29°20'27.0"W]

IV. [la fuga]
XX. [intermezzo nº 1]

XXI. [25°25’08.6”S, 49°17’16.3”W]

XXII. [un poco andante, quasi allegro]

XXIII. [25°25’08.6”S, 49°17’16.3”W]

XXIV. [10º03’37.0”S, 41º46’46.5”W]

XXV. [25°25’08.6”S, 49°17’16.3”W]

XXVI. [(nullam) requiem]

XXVII. [20°30’29.9”S, 29°20’27.0”W]

XXVIII. [25°25’08.6”S, 49°17’16.3”W]

XXIX. [25°25’08.6”S, 49°17’16.3”W]

XXX. [lamento della larimar]

XXXI. [25°25’08.6”S, 49°17’16.3”W]

mais uma camada.

I. [25°22’54.8”S, 49°15’58.7”W]

II. [staccato]

III. [25°27’24.1”S, 49°17’11.0”W]

IV. [presto agitato]

V. [tempo rubato]

VI. [25°25’14.8”S, 49°16’10.0”W]

VII. [6°06’07.6”S, 105°25’22.8”E]

VIII. [preludio a ciclo continuo]

IX. [intermezzo nº 2]

X. [molto expressivo]

XI. [25°25’17.3”S, 49°19’32.1”W]

XII. [moderato com brio]

XIII. [prestissimo molto staccato]

XIV. [intermezzo nº 3]

XV. [25°25’40.2”S, 49°16’45.7”W]

XVI. [intermezzo nº 4]

XVII. [25°25'05.7"S, 49°15'17.1"W]

talvez o fundo.

I. [intermezzo nº 5]

II. [intermezzo nº 6]

III. [25°24'36.8"S, 49°16'04.6"W]

IV. [intermezzo nº 7]

V. [25°25'40.2"S, 49°16'45.7"W]

VI. [37°06'55.8"N, 25°24'08.3"E]

VII. [25°25'41.3"S, 49°16'15.3"W]

VIII. [25°25'40.2"S, 49°16'45.7"W]

IX. [finale: allegro, accelerando]

X. [allegro ma non troppo]

XI. [25°25'40.2"S, 49°16'45.7"W]

XII. [20°30'29.9"S, 29°20'27.0"W]

XIII. [20°30'29.9"S, 29°20'27.0"W]

XIV. [a modo suo, atto finale]

XV. [25°25'40.2"S, 49°16'45.7"W]

XVI. [20°30'16.2"S, 30°25'58.5"W]

XVII. [requiem, libera me]

XVIII. [20°30'17.6"S, 29°19'02.2"W]

XIX. [20°30'29.9"S, 29°19'24.0"W]

XX. [20°30'27.1"S, 29°18'53.4"W]

superfície.

I

[22°58'18.1"S, 42°01'12.9"W]

Eu, na verdade, nasci em Minas, Minas Gerais, sem mar à vista.

Apesar disso, toda gente nascida lá adora o mar, crianças diante do oceano. É gente que chuta onda e mergulha e reaparece e se excede no sol.

O mineiro é uma criatura de alma tendente a voar, talvez pelo achegamento com o céu sobre os montes. Dado a devaneio.

Desde lá eu já buscava. Eu, no meu cesto da gávea fictício, grumete às avessas, buscava na linha do horizonte, com os olhos apertados contra o sol, o oceano, feito um sabujo, treinava o olfato pro sal.

Todo ano, eu ouvia dos amigos e colegas sobre suas viagens para a praia nas férias, todo ano eu desejava, papai nunca queria, até que um dia aconteceu, eu tinha uns dez anos, depois de sacudir por horas e horas em um carro eu senti o salitre nas minhas narinas pela primeira vez.

Foi um passeio de barco em Arraial do Cabo, no Rio, num fim de semana meio chuvoso, porque o papai gostava de economizar, ele foi atazanando quilômetro a quilômetro, da chateação daquilo tudo, trabalho demais para dois dias de areia no traseiro, eu não ouvia, sabujo que estava seguindo com o nariz o cheiro do mar, submersa desde a fronteira na possibilidade de maresia.

Aquele passeio abriu em mim um leque que nunca mais consegui fechar, um leque de subversão. As ondas cortadas com a faca do vento, eu debruçada a bombordo acariciando a água, sujando a mão na espuma, o mar bolhando entre meus dedos, respingos baleando meu rosto, eu firmando o braço, pirracenta, ele furioso em um contramovimento às vezes entregue, mas quase sempre combativo.

Me reconheci no mar naquele dia, fêmea, penteando com os dedos os cabelos de Iemanjá.

Larimar.

Respirei ali branquialmente pela primeira vez, o vento me endurecendo os cabelos, o cheiro ardido de peixe e sal aderindo à minha pele.

Eu podia até sentir as escamas crescendo em mim.

Mineiramos, chutamos ondas, muitos mergulhos e reaparecimentos. Uma água-viva queimou o meu pai nas costas que já mostravam os sinais do tradicional excesso ao sol.

Voltamos às nossas montanhas e, desde então, sinto sem trégua nas narinas aquele odor do mar de fim de tarde.

O cheiro entranhado para sempre nas escamas que nunca recuam, nunca recuaram.

II

[25º25'26.2"S, 49º21'09.8"W]

Não sei se chamaria de coleção, é mais um hábito. Isso de alinhar piratas de brinquedo na minha estante.

Nem se trata de uma busca por quantidade, como explicar, é um encontro. Para um encontro de verdade não interessa aonde se vai, ele pode acontecer em supermercado, feira livre. Nessa semana eu descobri um antiquário novo que fica mais afastado de casa, tem um bom estoque de brinquedos antigos.

As vitrines já valem o passeio, Barbies profissionais liberais, um cofre de um banco que já não existe, uma pilha de cubos mágicos, tinha até uma caixa da boneca Gui-Gui nunca aberta, lacre intacto. É uma bonequinha antiga, meio boba, sempre disposta com seus braços abertos, sorriso afetado e gargalhada sem vontade. Gui-Gui de prateleira, brinquedo interrompido, nenhuma mamãe pra ela, ali fechada há décadas no alto de um armário ou em um depósito de loja alcançada talvez por um olhar de criança cheia de imaginação sem uso apertando as mãos e desejando o abraço inanimado sem nenhuma escada disponível para permitir-lhe rasgar por acidente a caixa no desespero de romper o lacre atrapalhada com os arames que a prendem ao papelão tendo que gritar por socorro à mãe que tiraria cada um deles com a lentidão torturante das habilidades manuais tão descombinantes com a avidez de abraçar e ter o que se deseja.

Tão desbrinquedo.

O que procuro está sempre em alguma espécie de ala bélica, onde se arrumam enfileirados heróis e vilões, uma horda de guerreiros, soldados verdes, castelos, forte apache, ninjas, thundercats e piratas. Meu foco são nos piratas.

Perceba, nos piratas, você pode ver aceitação. Piratas podem ser brancos, pretos, amarelos, vermelhos, podem ser gordos, magros, barbudos, carecas, sem braços, sem pernas. Tenho muitos piratas com próteses criativas.

Os bonecos antigos são mais caros, mas me servem melhor. Não têm a arrogância dos brinquedos novos, essa prepotência de objetos que mal conhecem o mundo.

Eu gosto de piratas com um passado.

III

[25°25'40.2"S, 49°16'45.7"W]

Em casa eu vou direto para a terceira prateleira à direita da minha estante, onde arrumo meus bonecos. Diferentes tamanhos, marcas, piratas com encaixe, articulados, em plástico, em borracha, pintados à mão. Preciso tirar mais uns livros para dar espaço aos recém-comprados, começo a reposicionar os antigos e acomodar os novos, conforme critério crescente de altura e largura para que todos fiquem visíveis, dois passos para trás, olho-os mais uma vez, buscando, como sempre, a paz de espírito de um caminho que se fecha.

Libertatia.

Pedaços de matéria inanimada de toda origem, moldada ou esculpida, superpondo nacionalidades, épocas, marcas, todas ali livres de hierarquias entre a louça chinesa e o plástico, entre os jaquetões em pintura acrílica ou em tecido, entre os chapéus que se desprendem e os grudados, brinquedos soltos das etiquetas de preços, sem idade ou classificação. Cada um é importante, não há disputas para dentro, há disputas para fora, os reinos com seus metais e tesouros, seus barcos lotados de riquezas, deixando para trás dos seus fluxos, o rastro de fome e preconceitos, mortes vãs, muitas mortes vãs de gente buscando persistir, tanta gente pequena deixada para a morte enquanto os reinos acumulavam os seus tesouros, gente que insistia em sobreviver, gente inventando para si membros superiores ou inferiores sobressalentes com pedaços de matéria inorgânica, costurando os rasgos na própria pele, há ali mulheres, há mulheres em calças, há mulheres em saias, a potência feminina por si mesma, sem fronteiras, desatrelada.

Agarro a joia da minha coleção, Jacquotte Delahaye.

Há muito tempo eu avistei os cabelos vermelhos dela no antiquário, eu abracei eles com os dedos e não sei como nos entranhamos assim, levei ela para casa e reinventei a sua identidade, história, Jacquotte parou de existir na multidão de bucaneiros como peça da universalidade, não se encaixava mais no conjunto como um tijolinho no quebra-cabeça, era a minha capitã.

Coloco a Jacquotte um pouco à parte dos barbudos com ganchos nas mãos e paus nas pernas, ligeiramente à esquerda, apoiada em uma pilha de três livros deitados que fazem um platô mais elevado, ela com seu olhar meio enviesado virado para um horizonte provável no mar, os cabelos como um novelo de lã desorganizado alisando o ar e os olhos apertados como se o vento lhe enfrentasse de frente e de frente ela o recebesse sem dó.

Lá embaixo, na multidão de caras de brutalidade, vejo o mergulho desvairado no risco, mas no platô Jacquotte Delahaye é plano, coreografia, os passos se definindo já enquanto a música toca, sem ensaio ou roteiro.

Deixo a ilha simulada e o devaneio e corro para a cozinha, ainda preciso definir a receita da semana, foi o que prometi a mim mesma e ao Gustavo para nosso ALaMode.com, há tempos não envio algo criativo para o site.

Eu não me sinto tão viva quando fico afastada da companhia das minhas panelas.

Espero que, por hoje, nós consigamos nos entender.

IV

[18°29'46.7"S, 69°54'08.1"W]

Jean-Baptiste entrou na construção baixa ao fim de prédios mais altos, em uma rua sem saída. Ao final da viela ainda se ouvia a voz alta dos homens discutindo dentro do bar que ficava bem no início dela, na esquina. Enfiou a chave na fechadura e girou. A portinha recuada, sem iluminação suficiente, parecia só surgir quando aberta, invisível no todo animado que os seus arredores desenhavam.

Junto com o barulho da porta raspando no piso duro ele ouve a ladainha de toda noite.

É Jac! É Jac!

Os olhos do irmão, esperantes, como em todas as noites.

Sim, Doudou, sou eu.

Sente os braços e o peso do irmão agarrando seus ombros, um bebê gigantesco que lhe tira o centro de gravidade. No ataque do Doudou, percebe o fluxo vermelho começar a escorrer para fora do chapéu-disfarce de Jean-Baptiste.

Ela derruba com um giro de nuca o Jean-Baptiste, o falso homem sob o chapéu, e deixa respirar a cabeleira ruiva que é o que resta de Jacquotte Delahaye naquele corpo proibido.

Já faz anos que ela matou a si mesma.

Faz anos que o gosto do sal do mar sumiu de baixo das suas unhas.

Sem mãe ou pai, Jacquotte não podia se dar ao luxo de faltar no mundo com Doudou às suas custas. Não podia.

A estibordo, o seu pescoço estava eleito para a forca dos homens distintos que disputavam a posse do seu país.

A bombordo, a multidão de criaturas que aconteceu de enfurecer, porque também não era humano de contemporizar. Entregava a cada ser a espada que apetecia-lhe ao ventre. Enfim, tinha mais inimigos que dentes.

Pouco lhe importaria se não houvesse na sua vida o Doudou. Seu irmão era sua âncora no mundo.

Por isso Jean-Baptiste matou Jacquotte, a ruiva. E se enfurnou nos escuros dos túneis do Caribe, hora aqui, hora lá, mas só em terra firme. Doudou é minha carne, deficiente, exposta, sem proteção. Eu, fantasma, sou a armadura do Doudou.

Entrega a sopa rala ao homem mal acabado seu irmão, sentado na mesa da sala distraído. Ela aponta e aponta para o prato muitas vezes enquanto o olho dele segue desviando para a barata indecisa sobre a cortina. Não há conversa durante o jantar dos irmãos. Há olhares, sorrisos, toques. Doudou gosta de lamber o convexo da colher, mas só se ela rir. Ela ri, sempre, porque não resta muito mais alegrias a Doudou. Também não lhe restam alegrias, mas as suas são mais difíceis de alcançar.

O marulho nunca se calou em Jacquotte, o barulho da espuma de dentro pra fora. Nunca permitiu que eu definisse minhas arestas ali. Erguesse minhas fronteiras ali.

Embarcação com âncora ainda dança, Jacquotte não esquece. Jean-Baptiste não esquece.

Abraça Doudou essa criatura. Seu irmão, seu navio desnivelado.

V

[22°58'18.1"S, 42°01'12.9"W]

O barco Riachuelo III da Praia dos Anjos em Arraial do Cabo pertencia ao Senhor Diocleciano Barata que desde logo pediu para ser chamado de Clesinho. Ele e papai passaram um bom tempo discutindo o preço do passeio, mas tá chovendo, mas o combustível é o mesmo, senhor, no final éramos mamãe e eu bocejando uma torcida silenciosa por Clesinho, já que papai àquela altura não iria mais desistir e Clesinho tinha jeito de boa gente.

Clesinho não deu desconto, mas aumentou o passeio. Eu fiquei assim sem me caber.

Eu já estava trabalhando em outro nível de percepção quando me aproximei fisicamente da fronteira entre a areia e o mar meio leitoso, que era de um azul desconhecido quase etéreo.

Aquele oceano era casa. Lar e mar.

Não ouvia mais nada desde aqui, os olhos corroídos de encantamento, o coração já almofadado batendo meio longe. Dentro do barco, eu me ocupava apenas de observar e observar as linhas paralelas estriadas na superfície da água, ondas simétricas, dançando exatas no mar calmo, simultâneas.

Clesinho achou que era náusea e me perguntou três vezes se eu não queria mesmo um Dramin. No fim, aceitei um refrigerante só para disfarçar.

Eu era pura embriaguez.

O barco seguiu deixando para trás aquela sequência de linhas contrastantes no horizonte, a faixa azul-travesseiro do mar, outra branca bem alva da areia, a vegetação verde, o topo marrom dos morros ao fundo, foi chegando a uns paredões de pedra, muito altos, com reentrâncias e fendas. Clesinho não parava de contar histórias.

Para lá agora a Fenda de Nossa Senhora, por causa de uma imagem encontrada no mar por um pescador, presa em uma fenda na pedra. O povo levou Nossa Senhora em procissão até a igreja, colocaram a santa lá, direitinho. Pois ela não sumiu da igreja e reapareceu lá no mar, de novo? Aconteceu assim muitas e muitas vezes, até que decidiram deixar a santa ali no cantinho dela. É isso, é do mar, fica no mar.

Virei devagar em direção ao pontinho de manto escondido entre as pedras, a mente zunindo de um jeito que não dava para saber ao certo se era o vento dentro ou fora da cabeça. A voz do Clesinho parecia gigante, e até hoje a lembrança dela em mim é um eco que circunda a visão da santa como uma rede de pesca, uma rede que nunca a alcança, que transpassa seu corpo e sua pedra e deita na rocha incapaz.

A santa é feita do mar. Nem toda a fé dos homens, nem todo conforto da igreja lhe tiraram da fenda que lhe pertence. A fenda, uma rachadura cirúrgica no morro, um altar esculpido às avessas. E entre as sombras das rochas que se cruzam ela permanece.

O marulho não sai da santa, ela pertence ao oceano, ela busca, ele chama. Conforto é relativo e algumas mulheres apenas não são capazes de assentar as arestas entre quatro paredes impostas, o mar explodindo delas, arrastando sua imagem para fora pelas frestas dos muros escorrendo fluindo até o lugar onde sua natureza se encontra. Porque é ali que ela será.

Olhei em volta, aquele mundo de rochas contra o céu, desenhos de tempo e intempérie, de pele enrugada, de corpo todo calejado. É preciso ter respeito pelos rabiscos lentos do vento nas nossas superfícies. E é preciso ter respeito pela soberania do mar sobre seus elementos.

Clesinho seguiu contando sobre cada gruta e reentrância e suas lendas e suas parecenças com rostos e formas, falou do naufrágio de uma fragata inglesa que entrou por engano no Cabo depois de baixar um nevoeiro e foi lançada pelo mar contra os rochedos. Um milhão de pesos espanhóis jogados lá no fundo, dinheiro das colônias, dinheiro sugado pelos reinos, vinte e oito homens mortos, dois anos de mergulhos e buscas, ainda tinha um canhão da fragata por ali, pessoas que ainda procuram por restos de tesouro no fundo do mar.

Confesso que fui sentindo essa simpatia grata pelo costão que arrebatou os ingleses no nevoeiro, pelo mar que vingou a ganância, engoliu as riquezas, agradeci com um rubor de bochechas aquela natureza enigmática maior do que o maior dos reinos, rabiscada de rugas e história, porque o mar e o costão e suas grutas ali eram como tudo que eu desejo amar, a acomodação de anos de sobrevivência, a falta de sumo no fruto essencial, que já abandonou enfeites e desculpas e pretextos e justificativas engendradas para dar outros nomes às velhas coisas.

Saí daquele transe marítimo só quando Clesinho nos chamou a todos para cairmos no mar, eu me joguei naquela água fria, calma, sem conflitos aparentes.

Mergulhei e subi nas águas geladas, procurei peixinhos nos arredores, o céu seguia nublado e todo o entorno estava aquarelado, a paisagem turva, como se a natureza soubesse guardar os seus segredos.

VI

[25°25'16.3"S, 49°16'31.9"W]

São muitas histórias habitando abaixo das rotinas de Curitiba.

Eu me mudei de Minas para cá quando ainda era adolescente, o papai queria viajar menos, o que chega a ser engraçado porque ele nunca pareceu estar por perto mesmo quando passou a viajar menos, mas, enfim, aceitou esse cargo importante na cidade-sorriso, eu de cara não assimilei a referência, né, porque todos aqui pareciam meio sisudos, até questionei um colega da escola e ele disse, assim orgulhoso, somos sisudos, eu sorri, talvez venha daí a coisa do sorriso, porque, bem, nunca vi ninguém ter orgulho de ser sisudo.

Eu nunca contei ao colega, nem a ninguém, mas ainda que o nome de cidade-sorriso tenha sido mal aplicado ou talvez fosse uma piada interna que não fui capaz de entender, vez que o humor curitibano é sempre bem sutil, no bater da brisa na cortina da sisudez eu vi afeto. Foram relances, apontadores emprestados, a explicação de uma tarefa confusa, uma carona na chuva, sei que você gosta de suco de laranja e deixei pronto, leve um pedaço do bolo para a sua mãe, de repente, tínhamos amigos aqui que não sabíamos bem de onde vieram, pessoas que apareciam e mal paravam para ouvir os vinte obrigadas da mamãe. Eu acabei concluindo que o segredo era não dar muito sinal de estar apreciando, e passei a concordar, se eu não achava que o curitibano é fechado, é sim, muito fechado, mas não todos, tem você.

Claro. Mas eu sou uma exceção, hein.
Claro.

Tenho um grande círculo de exceções curitibanas. Abaixo das rotinas, são amigos fiéis e muito, muito mais cuidadosos do que jamais imaginei ser. Retribuo mantendo os lençóis bem esticados, para que nenhuma fresta nessa catacumba deixe antever que há sorrisos aqui para a distribuição.

A cidade ecológica do luso-sul do mundo, com sua superfície arborizada colorida de ipês e cerejeiras e sua gente vestindo cores terrosas e cinza, esconde outras histórias além do sorriso represado, tem talvez um chão vazado de túneis, túneis por sua vez também cheios de talvezes, ou de jesuítas escondendo pertences ou de leprosos sendo queimados ou de passagens secretas de imigrantes simpáticos ao Eixo ou de padres indo e vindo entre as igrejas da cidade ou.

Aquela que fala de um inglês que comprou um sítio logo acima dos túneis do Bosque Gutierrez, um inglês meio encavernado, Curitiba chama ele de Zulmiro, teria sido um dos piratas a esconder um tesouro gigantesco na Ilha da Trindade, colocado parte desse ouro nos túneis e ele também assombra o Bosque Gutierrez à noite.

Há toda essa substância fantástica em Curitiba, com seus meio sorrisos.

Cada vez que ouvi essa história tentei dar a ela tintas mais racionais, lancei meus olhares incrédulos e fiz perguntas, mas acabei sempre largada no sopé da discussão com um novelo de pontas soltas nas mãos.

Ah, isso aí não se sabe.
Pois pode então ser tudo mentira.
Não é mentira, porque ele existiu. Foi enterrado aqui.
Pode ter existido e mentido.
Talvez.

Eu ficava com as inconsistências todas do tesouro e do fantasma deitadas nos meus braços, sem uso, enquanto o assunto vagava perdido para outras paragens, o fantasma do Zulmiro sempre no ar dos cantos e ruínas daqui, sussurrado como pede o protocolo local de comedimento aplicável inclusive às fantasias com frestas sem solução aparente.

VII

[25°25'39.9"S, 49°16'17.4"W]

Essa loja de brinquedos antigos no Largo da Ordem é um ponto de parada certa para mim quando passo pelo Centro há muito anos.

A primeira vez foi num domingo, a feira já tinha acabado, eu e a mamãe bordejando, entramos meio sem perceber, passando pela porta e dando com um resto de manhã bem feliz, ela lembrando de cada brinquedo que eu tive e de como tinha meu próprio jeito de brincar com eles, como quando decorei os cabelos com massinhas de modelar e dei um banho de espuma no tamagochi. Também falamos sobre os brinquedos dela, na verdade mamãe falou mais dos brinquedos que ela quis ter, porque meus avós eram pobres e ela não tinha brinquedos da moda, eram mais bonecas de pano e coisas assim. Nesse dia ela levou para casa uma boneca de rosto, braços e pernas de louça que era um sonho que ela tinha de ter uma dessas, a boneca ainda está lá, fica no armário, já vi muita roupinha que ela fez para essa boneca de louça, casaquinhos de crochê, ela olha com tanta tristeza para o rosto pintado da boneca que eu quase acho que tem louça também na mamãe. Voltamos lá muitas vezes e eu mesma passei a voltar sozinha de vez em quando, no início só olhava tudo, até que vi a boneca pirata, linda, com cabelos de lã vermelha, a minha Jacquotte. Passei a ir sempre lá, às vezes só passando, às vezes com um propósito.

Desde que tudo aconteceu com o Mariano, eu comecei a descer algumas vezes até a Barão do Serro Azul, até esse portão de ferro escuro, fica entre o homem-sanduíche da loja de sapatos e uma loja de roupas com um manequim plus size de leggings camufladas, não, espera, as leggings não estavam mais lá da última vez, quem é que compraria leggings camufladas em 2018, me pergunto.

Enfim, eu às vezes passo pelo portão e fico um par de minutos na recepção, procurando o que já sei que está na placa.

Cavallo e Souza Advogados Associados. Salas 1101/1102. É o escritório do Mariano.

Só que não sei como fechar esse ciclo.

Daí disfarço, saio olhando para o chão, pro tapete, pras pessoas. As leggings camufladas estão preenchidas como devem em seu novo par de pernas, sua substituta, uma saia lápis preta, não deve demorar nadinha no manequim.

VIII

[25°26'03.1"S, 49°16'27.8"W]

Eu gosto de caminhar pelo Centro, de ir olhando as vitrines. Pela calçada vou vendo as lojas de fantasias, lojas de cacarecos, lojas comprando e vendendo cabelos, cabelo brasileiro do Sul, diz a placa, olho para os cabelos pendurados lado a lado, como as peças de carne no balcão expositor do açougue, toco os meus cabelos e constato, não são brasileiros do Sul. Por alguns segundos não penso na tristeza que podem estar sofrendo os meus cabelos agora, inadequados para a vitrine das madeixas cobiçáveis, apenas me sinto feliz de não estar em risco de ser escalpelada, imagina que coisa, os cabelos da gente numa vitrine, emperucando o rosto adequado de uma boneca, esses manequins sempre sorrindo na medida certa.

Agora pensa, alguém entrando assim na loja e acariciando os meus cabelos emperucados, talvez agarrando os cachos da peruca com toda a mão esquerda em rabo e sentindo um frio crispar no cérebro e apagar os arredores, a voz da atendente, os carros passando, então pouco importaria o sorriso na medida certa da boneca, a essa altura os cabelos estando libertos das amarras da peruca, soltos espumando no vento feitos pura lembrança.

A memória é esse gaveteiro excepcional, um móvel com compartimentos lacrados e indiferentes para todo o sempre, mas que se escancaram, de súbito, com o distante avistamento da chave.

Na vitrine estarão os mesmos cabelos que voaram para dentro da sua boca quando a ventania bateu por trás, onde você esquecia os seus lápis durante a aula, o cabelo que você espirala ou alisa quando está nervosa, que usa como desculpa para acariciar a própria nuca e se arrepiar sozinha, os cabelos que sua mãe repuxou com um pente fino para tirar piolhos, você sentada na cadeira do quintal com uma toalha nas costas amaldiçoando todos os seus colegas de classe, a cabeleira que a sua prima repicou com uma tesoura da Hello Kitty e você se sentiu linda, o tempo que você perdeu na estante do supermercado olhando as caixinhas de tintura e tentando se imaginar no rosto da mulher que aparecia no rótulo para, após trinta minutos de espera sentindo aquele cheiro forte, descobrir que não ficou como você esperava, você chorando depois sem o seu cabelo como era achando que a vida será horrível dali em diante mas no dia seguinte você acordando já achando não tão ruim assim, o cabelo que você cortou curtinho no dia em que decidiu parecer com a moça da novela e ficou satisfeita de descobrir que gastaria menos dinheiro com shampoo, cabelo que é essa coleção de fios feitos de células achatadas e alongadas se sobrepondo umas às outras em camadas como escamas de peixe com uma grande quantidade de terminações nervosas sensíveis à pressão e ao tato, aqui na vitrine amarrados e costurados fio a fio para serem vendidos.

Olho para dentro da loja e vejo chegar uma mulher de meia-idade, bem vestida, ela conversando com a atendente e apontando para os tufos de cabelo expostos. Enquanto a moça atrás do balcão pega algumas das perucas, a mulher alisa a testa e no movimento retira, como se fosse um chapéu flácido, os próprios cabelos loiros e curtos, revelando a quase careca coberta com uma penugem de cor indefinida, deita então o tufo loiro no balcão com o seu casaco e coloca com delicadeza sobre a cabeça a nova peruca de cabelos pretos, ligeiramente mais longa do que a anterior, ajeitando-a diante de um espelho redondo que está sobre o balcão. A moça oferece uma escova para a mulher, mas ela aponta para um outro espelho mais ao lado, dizendo algo para o que a atendente responde acenando positivamente com a cabeça e a acompanha até lá.

Os cabelos protegem o ser humano da radiação solar e aquecem sua cabeça durante o inverno. Como armaduras, vestem guerreiros e guerreiras nos descampados inseguros de certos campos de batalha, guerras que não escolheram lutar, solitários ou acompanhados de exércitos, sem tempo para se agarrar aos velhos planos e certezas que no final não são mais do que um traçado qualquer feito em um mapa que se pode rasgar para sobreviver.

IX

[20°30'29.9"S, 29°20'27.0"W]

Há uma lenda bastante conhecida que remonta à época da independência do Peru, em 1821, quando galeões espanhóis, levando tesouros da catedral de Lima para a Espanha, teriam sido interceptados por três corsários de nome Zarolho, José Sancho e Zulmiro, esse último um britânico que viveu por muito tempo no Brasil. Os três teriam saqueado navios e escondido boa parte do seu tesouro em uma ilha, apontada por muitos como sendo a Ilha da Trindade, no Oceano Atlântico.

Até a presente data, todavia, nenhum tesouro foi encontrado na Ilha da Trindade.

X

[17°53'04.9"N, 70°57'11.5"W]

Mesmo da praia lá embaixo era possível avistar, no alto do penhasco, naquele platô de pedra, a touceira de cabelos ruivos espumando no vento. Aquele corpo enfiado no casaco vermelho escuro com detalhes dourados, botas longas de couro, calça de pele de corça, o cinto com fivela adornada de reentrâncias no metal e coldres devidamente recheados com pistolas.

Apenas a dança pirotécnica de cabelos no ar dava sinal de tratar-se de uma mulher. A figura de olhos ocos tinha a carne imantada capaz de repelir fisicamente qualquer criatura com fluxo de sangue nas veias. Feito galhos, um ar de morte se espalhava a partir do seu corpo em direção aos viventes dos arredores, feito galhos com espinhos, desses capazes apenas de enxotar ou alvejar, nunca serem ignorados.

Atrás do corpo estavam dois homens, um deles agachado, olhava para a direção oposta à da capitã. O outro, deitado no alto da rocha, olhava para o alto, abobado. O homem não tinha uma das orelhas.

A capitã apertava os lábios como se pressentisse o odor de metal há quilômetros. Olha do alto as centenas de habitantes da sua ilha, suas cabeças indo e vindo pela areia branca, olha o mar do Caribe à sua frente.

Ela devia alertar aquelas criaturas.

Naquele lugar, cada um era dono da própria vontade, mas na iminência de ataque ela precisava encarregar-se da voz de comando. Nas batalhas, assumia o controle da tripulação. Sabia o quanto os outros comandantes sob sua proteção costumavam ser descuidados, impulsivos, se enchiam de rum, arrancavam seus membros em competições estúpidas, em devaneios sem nexo, disparavam seus canhões contra suas próprias casas.

O desvario dos membros naquela sociedade não era um problema. Juntos, eles desenharam os limites e sabiam se manter neles. Apenas na luta, e só ali, a hierarquia se desenhava. Era preciso se antecipar à técnica militar apurada da marinha espanhola.

Eles nos chamam de ladrões, mas basta olhar do alto, daqui do alto, e vemos quem acumula riquezas de verdade. Quem briga para ter tudo para si. Queremos sobreviver, eles querem nos matar.

São eles os animais, são eles os animais domesticados, obedientes a leis escritas por poucos para seu próprio benefício. Nós, tantos fugidos da escravidão, das prisões onde nos jogaram para morrer por nos insurgir, tantos que mataram para não morrer. Eu. Filha, pai assassinado, mãe morta no parto de um irmão deficiente. Eu, menina, resto de um Haiti já estuprado e abandonado pelos espanhóis, cujo corpo já murcho foi deixado para os beliscões e rasgos dos urubus franceses, corsários deitados na Ilha de Tortuga. Eu, resíduo, a quem só restava oferecer o corpo para o deleite do homem rico, ser violada dia a dia pela sobrevivência, decidi organizar uma trupe de degoladores para acolher gente como eu. Eles não contam como cuidamos do povo aqui no Caribe. Eles não falam. Do povo esquecido por eles.

Pilham como nós, mas com autorização das majestades para saquear, pilham e recebem títulos dos reis e rainhas, terras, escravos, honras e glórias. São títeres, entregando aos nobres designados por deus nenhum seu arbítrio em troca de ouro e posses, como se fosse isso fonte de liberdade. Mas liberdade mesmo está ali. O leme está ali. O mar está ali. Riqueza é o convés de um galeão, a fortuna é o vento enchendo as velas e a alforria é limpa, sem ardis, pulsa inteira em nós, porque não nos acovardamos no mar raso. Porque entramos no oceano à fundo em busca da liberdade sem amarra.

Desprezados, sem licença para roubar, só tomamos para nós o direito de sobreviver juntos, aqui se partilha o que se angaria, com justeza, aqui há respeito. Não somos nós a escória, como gostam de colocar as coisas.

Esses corsários de merda.

Quem está ao lado da Jacquotte tem voz, do bucaneiro mais ignorante até o militar mais condecorado.

E aqui o meu corpo é meu.

Cada corpo se pertence.

O cheiro de metal está cada minuto mais perto. Cheiro de metal e pólvora. O vento de repente muda e leva todos os braços dos seus cabelos para trás, em um único fluxo de vermelho intenso.

Jacquotte já sabe o que é estar morta. Já havia morrido antes.

A morte encerra os ciclos e revela as verdades. Um novo momento começa para o mar, um mar que tomamos com dentes à mostra, nós, os excluídos. Escravos fugidos, mulheres, párias. Tomamos para fazer justiça ao Caribe esmagado, sangrando feito um tomate antes do molho. Agora pagarei o meu preço, mas a semente está plantada. Nossos galhos já se expandem no oceano. Novos capitães virão depois de Jacquotte. Novas capitãs.

O mar hoje estará vermelho com o sangue das almas perdidas dessa ilha, dessa comunidade que quase deu certo.

O mar vai ondular de morte, rubro, como cabelos de Jacquotte, na sua despedida. É isso, pensa.

Não vai nem mesmo deixar que o seu sangue seja derramado por último. Não ficará lá do mastro vendo seus companheiros morrerem.

Rasoir, Binot, vamos. Já está na hora de descer.

Ambos os homens se levantam de pronto.

Nesses cabelos estavam traçadas, desde sempre, as linhas da sua sina.

XI

[25°53'37.9"S, 49°33'46.4"W]

Puxa puxa puxa inclusive areia, deixa encharcar e se atira feito cusparada.

Escorre, corre todo o líquido, se acumula de novo,
condensa e se espalha.

Conjura, conjura,
solta e unge.

Suga,
e lambe.

Infla, infla todo o peito, feito fragata de papo vermelho chamando fêmea.

Roça a areia, esparrama-se

e deita.

Eu, já quase crescida, abro bem as pernas e cravo firme os meus pés na areia. Contraída. A água surra-me os joelhos, estapeia-me as coxas e segue.

Desplanto correndo os pés e corro como dá, o volume de água refreando o movimento. Ela se agrupa, se contorce e silencia pouco antes de se jogar com violência em minha direção.

Soco.

Eu, tão miúda ainda, bambeio, mas já me firmo. Foco em mim mesma ali parada, imunda de espuma e areia, logo me aturro e aproveito os pedaços de água ainda espalhados para disparar para dentro do oceano.

Mar é refração, é procrastinação.

Também é lar. Conchego.

Já sinto por entre as coxas ele se recolhendo, se fazendo inchar, pura fúria entumescida. Paro, espero que ele me atire a raiva no peito, só então giro a coluna para que sejam as minhas costas a receber o ataque.

Touché. Sorrio.

Anda, Lara,

Ainda é raso para tentar nadar, mas está quase. Logo mais à frente uma marolinha me ergue um pouco e decido que já dá para remar até os meus amigos.

Vou conseguir.

Sinto então o tremor sob as minhas axilas, a cólica sobre a pele, percebo o engano, a falsa promessa de despedida, ele está ali, esvaziando-se para o golpe.

Encolho-me preparada para o pulo, pronta para enfrentar a agressão que se aproxima, o mar ali crescendo, Eu estufada, ele todo força que emerge, eu imensa, ele sem face, gigante, preparo o corpo para girar, sei que não posso enfrentá-lo, sou pequena, estou sozinha, projeto o quadril para o alto, alto, bato as pernas em pânico, aquela força me arremessa, chicoteia-me a cara, eu tão pequena bato os braços para me defender, alto, ergo o nariz, alto, desço os ombros, contraio-me enquanto deixo o corpo oscilar na onda nos rodopios no picadilho daquele samba quase mortal

e foi-se.

Relaxo os músculos e me deixo alcançar pela turma, todos molhados, submergindo aos berros enroscados na musculatura marinha.

Quando a onda quebrar, Lara, só mergulha.

Adiante, ele se recolhe mais uma vez. Ajunta os cacos, se cola mosaico ladrilho, eu aguardo, afio os ouvidos para escutar bem a sua respiração profunda, o ar recolhendo toda a água, empilhando-a como folhas perdidas no inverno, assoprando a massa formatando a potestade a resistência a muralha quero mergulhar furar-lhe a superfície com a cabeça, transpor sua invencibilidade, nadar através do seu ponto amável, calcanhar, passar pela sua armadura, couraça, casca violenta, carcamana, vencê-lo por dentro, alvejado, deixá-lo aproximar-se e me enfiar pelo seu umbigo no seu colo deslizar ligeiro por dentro não permitir ser mais capaz de me atingir muralha gigante colossal volume e volume e já quase quebra na minha cabeça, não entro, eu pulo, pulo, mas meu corpo não lhe vence mais o teto sua onda me agarra a cintura me rodopia ousada me tira o sol me penetra com sal me ocupa a boca me silencia a garganta escorre em mim arde em mim peito ensurdecido afogada desaquecida buscando o sol na direção errada preenchida a contragosto sem saída.

XII

[20°30'29.9"S, 29°20'27.0"W]

A violência das águas se atirando contra o paredão de lava que é parte da antiga cratera do último dos vulcões a entrar em erupção na Ilha da Trindade foi responsável pela formação do túnel que hoje existe em sua base. Atravessando o paredão de um lado a outro, a pequena abertura é emoldurada por cavidades profundas na rocha, entalhes desensaiados com ares medievais conduzindo o olhar até a boca que afunila até o lado oposto com aparente suavidade.

A passagem pelo túnel do vulcão do paredão é muito apontada como sendo o ponto onde os corsários Zarolho, José Sancho e Zulmiro esconderam grande parte do ouro e prata roubados do barco espanhol responsável por transportar para seu país o tesouro saqueado da Catedral de Lima, logo após a independência do Peru, no século XVII.

XIII

[40°48'51.0"N, 14°35'53.4"E]

Pomodoro San Marzano Day.

Até hoje não sei bem como cheguei ali.

Era um desejo antigo nosso, meu e da Beca, fazer uma viagem assim que o restaurante desse uma acalmada, seguir aleatoriamente pelos continentes, e em todos eles, dançar com o nariz pelo ar atrás de comida.

Ouvir os sons da mastigação com os gemidos do paladar, deixar o olfato perdido pela dança dos cheiros se intercalando, se amalgamando, sendo juntos.

Líamos cada receita de cada aldeia de cada restaurante portinha escondida em uma megalópole e então eu não estava mais no restaurante, eu sequer estava existente, eu era uma entidade flutuante feita de imaginação, eu libertava do meu corpo os meus sentidos e só usava o meu cérebro para comandá-los, reproduzindo com a máxima precisão possível a experiência.

Então aconteceu de fecharmos o nosso restaurante, sócias, outro sonho costurado pedaço a pedaço durante tanto chão de amizade consumido, desde a faculdade, não, mesmo antes dela. Passar a chave na porta que foi o nosso propósito máximo por tanto tempo, fechar aquele ciclo e deixar a Beca seguir fez um rasgo imenso em mim, uma cicatriz difícil de fechar.

Exatamente agora quando formulo essa ideia me pergunto o quanto desses sonhos não foram mais meus do que da Beca.

Por vezes também me pergunto se a Beca ama a gastronomia tanto quanto eu, ou se, me vendo flutuar no ar tal qual um desenho animado segue um cheiro bom saído da panela fazendo ondas com o corpo, Beca se apaixonou pela minha paixão.

Quantas vezes, desde a escola, fui eu quem puxei a espada da bainha ao alto e apontei o destino. A Beca, minha bússola, sempre apontando perigos, sempre estudando os mapas, correntezas, sempre a postos no cesto da gávea grumete buscando terra à vista.

Eu espada, eu ilha. Insurgente, tufão. A Beca o centro da minha energia cinética, fluxo de ar de cima para baixo que dispersa as nuvens. Oásis emocional. Era.

E voltamos às portas do restaurante, eu solitária interrompendo o fluxo que mal tinha irrompido, cerrando outra gaveta, outra fechadura.

Decidi fazer a viagem sozinha. Beca, com trinta semanas de gestação, me olhou sem nenhum ressentimento, eu perscrutando um sinal de julgamento, de mágoa, ela grumete, fixamente olhando para o horizonte em mim atrás de terra à vista.

Não sei se tem sentido eu te esperar, sabe, com o bebê
chegando.
Claro.
Quando você poderia fazer essa viagem? Cinco anos? Eu
não sei se
Lara. Tá tudo bem.
Vou sentir sua falta.
Vou estar aqui, Lara, quando você voltar. Vai me ligar,
né?

Eu disse que ia, mas não liguei. Ela também não ligou. Ela tampouco deixou de me buscar no aeroporto quando voltei, ela cheia de olheiras e com a minha afilhada em um sling.

Não sei por que eu fico fugindo do ponto. Então, o Pomodoro San Marzano Day.

Eu tinha muitos planos para a Campânia. Pura enogastronomia. Era Julho.

Fui uma Lara ondulante com os pés fora do chão em Nápoles. Experimentava pratos cujos ingredientes ia depois esgravatando, ia abrindo as bonecas russas das receitas, procurando cozinhas, tempos, medidas, cortes. Foi assim que cheguei naquelas terras na província de Salermo.

Era uma festa ao tomate San Marzano, o ingrediente mor da verdadeira pizza napolitana, mas era mais. Falava sobre o respeito às medidas e rituais, como a combinação de pequenos gestos levam àquele resultado vegetal. Tentativa e erro, tentativa e erro, até o equilíbrio.

Colher o tomate com o toque das mãos define o San Marzano enquanto sabor e textura. O modo de ferver, de secar ao sol, de cozinhar o seu molho já engarrafado com a folha de manjericão derradeira afogada ali. Todo ritual é preservado há mais de um século, e não à toa, porque comer um San Marzano deve bastar em si. Não é preciso sal, nem azeite, seus sabores já estão todos lá. Trançados, em um mosaico perfeito.

Ali parado, recebeu do seu entorno a combinação de estímulos capazes de levá-lo à excelência. O solo. O calor do vulcão. A brisa marinha. A água pura. Uma equilibrada sequência de rituais, escolhidos a dedo para a sua apoteose.

O San Marzano só precisa seguir sendo tomate.

Enquanto experimentava o tomate perfeito de tantas diferentes formas, eu sangrava e cicatrizava a falta da Beca. Alternava entre a mágoa do plano frustrado e o consolo do sonho realizado, erguia os meus punhos fictícios para o alto teatralmente como acreditava que os italianos fariam e amaldiçoava a Beca brindando duas taças de vinho uma na outra e bebendo as duas, eu comia a culpa por não ter esperado a minha melhor amiga, eu me perdoava por deixar a vida acontecer sem me prender à perfeição idealizada de tudo.

Talvez o meu fascínio pelo San Marzano morasse aí, ele todo ano sendo o mesmo tomate, bastando para isso que todos exerçam coordenadamente os seus papéis, sem surpresas.

O tomate, a apoteose da natureza e a celebração da disciplina do homem.

Mas ali, eu comecei a mudar. Bem, talvez tenha acontecido antes, e apenas ali eu percebi.

Ali debaixo do sol em Salermo, eu era como o tomate, a pele já descolada da polpa, esperando o apertão da nonna que me faria saltar para fora dela. Eu já era outra coisa, sem que fosse ainda nada.

XIV

[20°03'37.2"N, 72°48'20.9"W]

A capitã Anne não sabia muito bem como reagir àquele holandês ajoelhado diante da sua espada. Finalmente concluiu que era incapaz de entender as razões de um homem.

Vamos então, pensou.

Assim, feito se negocia barris de vinho, aderiu ao seu terceiro marido.

O primeiro não foi muito diferente. Depois dela cortar algumas gargantas na França, as autoridades decidiram degredá-la na Ilha de Tortuga, com o ônus extra de se casar com um dos colonos locais. Anne cumpriu a pena e ficou casada até a morte da criatura, que um dia caiu dura sem uma explicação plausível. Dizem que ela o matou, e ela prefere não desmentir, apenas segurar o olhar do acusador até que ele suma tremendo das suas fuças. A verdade é que Anne não mataria o pai dos filhos, e nem precisava. Vivo, ele já sabia que Anne não tinha amarras, que seu destino era empilhar as próprias vontades.

Anne "Dieu-Le-Veut", "deus quer", é como lhe chamava a tripulação do segundo marido. Não entrou naquele galeão ao lado dele para se aferrolhar na cabine, pulou dona no mastro e deu a testa na crendice de que não podia estar ali. Daria azar. Pois o azar eu enfarpo com a minha espada, dizia, e já na segunda abordagem ela era para a tripulação uma chacota de deus. Um amuleto, decretaram. E concluiu que era uma troça dos infernos uma gente que vive no tudo ou nada debaixo da bandeira preta, alimentada na perversão, seguir amarrada à fiança nas prescrições da velha superstição. Sem acatar por um minuto que podiam só estar errados sobre mulheres e navios.

Um dia o infeliz do seu segundo marido se enfiou em uma briga de bar com esse corsário holandês chamado De Graaf, se jogou debaixo das botas dele enfrascado no puro álcool e levou seus derradeiros três tiros de pistola na cabeça. Morreu, como gostava de dizer, de bravata, como é de praxe ao gênero.

Apesar disso, Anne achou que era preciso honrar as saias. Ela sabia que o infeliz ao final nem tinha tanta serventia, assim, mas era dela, e era da sua tripulação, eram as calças que comandavam ao lado dela aquele barco. Foi atrás do tal holandês vingar esse marido com a mão na bainha da espada.

Deu com um bar de incrédulos quando foi ter com o homem, chamando-o para duelar, ele mesmo com um ar de embaraço e constrangimento.

Na hora do embate, olhando a espada desembainhada dela, De Graaf se recusou a lutar e ajoelhou, querendo Anne sua esposa.

Outro.

Não disse uma palavra quando aceitou De Graaf. Olhou para ele, caminhou para o navio que agora era também dela e outra vez traçou as suas molduras.

Anne Dieu-Le-Veut e Laurens De Graaf foram sempre igualmente temidos nos mares caribenhos. Os espanhóis, que já viam nos olhos do holandês a marca do diabo, concluíram que o toque dos céus em Anne tinha se unido ao mal que habitava De Graaf, numa força que o meramente humano não era capaz de enfrentar.

Anne abandonava o olhar cruel de sempre, estreito, quase horizontal, e jogava os cabelos para trás para gargalhar longamente do olhar de pavor devoto dos espanhóis ao vê-los juntos.

Adorava ser essa chacota dos céus.

XV

[18°07'10.5"N, 71°08'35.8"W]

Era uma pedra peculiar dentre as outras rochas que as ondas atiravam na praia, essa parecia ter solidificado a própria água do mar caribenho dentro de si, sua cor se alternando entre diferentes tons de azul, do mais claro até o esverdeado, com rajadas de branco leitoso em toda a sua superfície.

As crianças da Praia de Bahoruco gostavam de procurar seus pedacinhos na areia para brincar. Algo naquela pedra lhes trazia felicidade, como se dentro delas se encontrasse partes de nuvens contra o céu, ou a luz que entranhava o oceano naquele mar da sua forma, deixa eu ver, peculiar.

Ele talvez fosse um dos poucos ali que sabia que a cor daquele mar é, na verdade, uma ilusão de ótica causada pela luz que passa pela água transparente e reflete na areia excessivamente branca - efeitos do desgaste da rocha calcária - levando até os olhos na praia a tal aparência de azul intenso.

Ele sabe que a gema não é cria do mar, mas não importa. Se nem mesmo o mar do Caribe é assim azul como se pensa, ele quer chamar a pedra também de mar. Chama ela de Larimar, com parte do nome do próprio mar e parte do nome da sua filha Larissa.

Foi até ali conhecer aquela pedra, encontrar naquelas águas o caminho que lhe trouxe até a areia, uma gema com estrutura de rocha vulcânica. Buscou da praia ao mar, do mar ao rio Bahoruco que ali deságua, do Bahoruco ao rio Sito e dele até as serras. Dali as pedrinhas se descolaram, se deixaram levar pelo vento e pela força das águas, persistentes, que as rasgaram do seu caule originário para as atirar na corrente, o traço que o fluxo das águas desenha até o oceano, cada pedra seguindo um caminho novo, cada uma deixando no curso parte da sua estrutura, sendo desenhada no curso pela água que nela se amolda, a ela se mistura, falsa, com tantas camadas de cor que, se for ver mais de perto, são apenas transparência.

O mar sabe que para seguir, para dançar no fluxo da corrente, a pedra deve estar leve, deve deixar seus pesos pelo caminho, a vida suja, recebida bruta. O mar roça seu peso com força na couraça da pedra, o mar violenta sua pele, cisco a cisco, até que seja capaz de deitar-se ao sol. Livre.

camada.

XVI

[10º03'37.0"S, 41º46'46.5"W]

Garimpo não devia ser lugar de criança. Ali muito dinheiro podia brotar de repente, depois de um trabalho grosso, algumas pedrinhas na mão e de repente milhares de notas nos bolsos, fortunas para uma gente desnutrida ávida por luxos, gente cansada de ser pouca, de ver passar, de olhar pela vitrine.

No garimpo a gente vê coisas inimagináveis, um cabra que acha uma pedra e inventa de passear de helicóptero, arrodeia tudo com a vista lá de cima e depois volta feliz para a vida miserável. Bem assim.

Uma vez Dona Cícera viu um garimpeiro rodar pela região, sem parar, por três dias, dentro de um carro vermelho daqueles sem teto, de luxo, chamado de XR3, que ele mandou vir da capital, ele rodou e rodou e dormia no carro mesmo, não saia nem pra banho, um dia ele perdeu o controle do carro numa curva e bateu com o bicho numa árvore. Bufou, chutou os pneus, saiu andando para a cidade e mandou buscar outro igual novinho da mesma loja na capital. Bem assim.

Morreu semana passada, pobre, bêbado, sem um centavo para deixar pros filhos. Essa é a realidade ali. Dona Cícera sabe, porque foi também assim com seu marido. Eram ricos e eram pobres do descer ao subir do sol, e era tão comum se fartar de comer como era morrer de fome. Foi o goró que levou Paulo, coisa besta, a pessoa viver explodindo pedra e morrer de vício. Deixou os filhos e ela ali, sem saída, cheirando resto de mina atrás de pedra perdida, à mercê. Mas Dona Cícera não é um garimpeiro sem norte, Dona Cícera sabia que precisava tirar os filhos dali, não tem futuro fora da mina naquele lugar. Ela junta cada pouquinho de pedra que acha, ela guarda. Agradece ter tido só menino naquele lugar. Se tivesse lhe saído filha mulher, já estaria perdida pra vida, feita pro apetite dos homens dali, que é o que é feito da mulher naquelas paragens.

Com ela nunca foi assim, porque já é enjeito de mulher há muito tempo, seu corpo deformado pela lida, primeiro na lavagem de roupas, depois no meio dos quijilas quebrando pedra, um dia só não fez mais sentido passar batom na casca rachada que lhe brotou onde antes tinha lábios. O perfume se misturava com o cheiro da água sanitária e dava pior, então deixava ele de lado. Cozinhava, lava roupa quando precisavam, aqui e ali, tirava o que conseguia para se manter com os meninos e ainda guardar umas coisinhas. Faltava pouco para saírem dali, ela não via a hora.

Acarinhava toda noite com a palma amarrotada da sua mão cada uma das cartas empilhadas ao lado do travesseiro, cartas da prima, sua prima morando em Belo Horizonte, o marido não trabalhava com pedras nem nada, era porteiro. O tanto que Cícera pediu a Paulo para irem encontrar com sua prima, sua prima tinha a cabeça no lugar, o marido não era dado a arroubos, viviam bem, um dia exatamente como o outro, que era o sonho ambicioso de Cícera, tão cansada de ser rica tanto quanto de ser pobre, só querendo ser qualquer outra coisa além.

Paulo nunca quis. Paulo gostava de acordar rico, chegava cheio de presentes para todos e para si, uma TV maior, roupas e mais roupas em desacordo, porque Paulo trazia ou só calças ou só blusas e todas no final acabavam do mesmo jeito descoradas na lida do garimpo. Era isso. Quando Paulo empacotou, ela tomou o controle e começou seu pé de meia. Agora estavam perto. Muito perto. Cícera ia dar escola pros seus moleques, ia tirar eles da boca da mina e dar um mundo decente onde criar raiz, caule, se expandir aos poucos sem grandes conflitos, dar seus frutos. Às vezes liberdade é só aceitar as próprias fronteiras. Cada um faz o tamanho do seu universo.

XVII

[25°24'45.1"S, 49°17'18.1"W]

Zulmiro virou seus olhos vazados para a criatura transparente, bem defronte de onde antes havia uma cascata. O cachorro ganiu olhando para o chão seco.

É, Príncipe, se a vida dá suas voltas, imagina a morte.

O cachorro assentiu com seus olhos de luz meio ensombrados e entrou pelo bosque. Eram tempos difíceis até para os mortos.

Zulmiro sempre se harmonizou com a sina de corsário, a carga de vagar pelo bosque amarrado ao peso do ouro nos bolsos, mas Príncipe. Ele lembra desse cachorro ainda vivo, ele era pura natureza, escorregava pelo bosque livre saltando entre as árvores, mergulhando no lago. E tinham as crianças, havia muitas crianças por ali na época e Príncipe era amigo delas, elas sempre oferecendo afagos por latidos. Para Príncipe, desde sempre, o Bosque Gutierrez era todo seu, e observar aquele cachorro, dono e senhor das terras que antes foram por direito e lei apenas suas, usufruindo da própria existência sem se importar com os tesouros enfiados nos túneis ali por baixo, acabou por levar Zulmiro a concordar com ele. Não era merecedor das amarras que tinha com aquele lugar, construídas à custa de liberdade. Príncipe era em comunhão com o bosque, entregue inteiro cachorro.

O cão nadava no lago quando um curto-circuito na bomba fez dele companhia sua naquele mundo invisível. Desde então, são dois os amarrados nos restos do Gutierrez, Príncipe mais dono do bosque do que ele. No lombo o cachorro só carrega o descuido que lhe tirou a vida, além do amor desmesurado por crianças, sumidas do bosque nesses tempos de abandono do lugar.

Nos ombros do Zulmiro, muitos monstros. O peso da nobreza, da farda da Marinha Britânica. A subversão, a inquietação da fuga, o tesouro escondido na Ilha da Trindade, a morte dos companheiros sob sua responsabilidade na chegada à praia.

Naquele bosque, a paragem mais alta que Zulmiro encontrou na cidade, construiu uma sepultura de medo e se enterrou em exílio.

A vida lhe custou caro, mas ele foi leve antes da morte numa única vez, quando um patrício veio ter consigo, bateu em sua porta e a embriaguez da comunicação na língua materna lhe levou ao excesso, acabou por lhe revelar sua identidade. Veja, hein, disse em seguida, é segredo tudo que lhe falei até que eu morra, estava preocupado com a própria segurança, não sabia, à época, não tinha ideia ser real o mundo invisível onde está hoje, que ainda estaria aqui e com o peso dos seus fardos, presente inclusive para ver o patrício morrer assassinado por contar após a sua morte a sua história, tomado pela ganância de quem buscava a aventura de decifrar um velho quebra-cabeça, chegar no fim da jornada, o xis no mapa.

Não sabem, não sabem todos eles que sempre haverá frestas, peças que se perderam para sempre, mesmo com todos os tijolos empilhadinhos, passo após passo.

Hoje Zulmiro enxerga.

Daria todos os tesouros por uma alma leve como a do velho Príncipe ali.

XVIII

[20°30'29.9"S, 29°20'27.0"W]

Demoraram uns anos até que o fuzileiro naval Miranda conseguisse ser enviado para o Posto Oceanográfico da Ilha da Trindade, um sonho antigo que vinha alimentando e planejando. A ilha fica a 1.200 km da Costa de Vitória, no Espírito Santo, uma viagem de três dias com mar grosso, picado, ele sem saber o que esperar, de repente vê surgir o paredão por detrás de um nevoeiro, vai sentindo um arrepio gelado, como se a Ilha da Trindade contivesse a gravidade da perfeição, o peso inevitável do equilíbrio entre forças anciãs.

Em Trindade não havia barulho de ambulâncias cortando a noite, casais brigando no segundo andar, um bêbado quebrando a garrafa às três da manhã, o carro de som recolhendo óleo de cozinha, tudo era silêncio e mar, tudo era o sopro do vento, marulho e o cre-cre-cre de algumas grazinas ao longe.

Quase todas as formações da ilha eram restos de vulcões e de erupções, o que dava ao fuzileiro a sensação de ter voltado no tempo, talvez à pré-história, de estar perdido em uma fresta de existência paralela vendo tartarugas com cascos do tamanho de uma mesa de jantar, dava até para sentar em cima delas para passear como em um desenho animado, a areia completamente tomada de caranguejos amarelos, cheinha mesmo, ao ponto dele precisar caminhar sobre os bichos.

Chegar ao Pico do Desejado, ponto mais alto da ilha, foi como ser dono do mundo. Miranda andou por uma série de trilhas, andou colado a um paredão de pedra imenso, lá embaixo o mar, aos poucos se avistando cada pedaço da ilha, as praias, o arquipélago de Martim Vaz ao longe, os pássaros cortando o silêncio que todos faziam, o fascínio pela natureza aos seus pés, ao dispor dos seus olhos. Era como se ele fosse o centro de algo imenso, algo que sequer pode ser visto, porque Trindade é só a ponta visível de uma cordilheira de vulcões extintos submersa no oceano, quase seis mil metros abaixo do nível do mar, ele imaginava o tanto de segredos naquele momento imersos, naquele momento pulsando, potência, só potência, aguardando a mão do homem, aguardando o resgate, Miranda ali sentia-se potencializado pela grandiosidade do que ia abaixo dos seus pés, sentia-se herói, a própria espada arrancada da pedra e erguida ao ar, feito deus pela montanha abaixo dos seus pés, feito energia pelo porvir da aventura.

XIX

[la fuga]

Filha bom dia Deus te abençoe tudo bem aí?
Dá uma notícia filha tem tempo que não sei de você
Não fala comigo Lara
É sua mãe

Filha
seu pai agora se tranca naquele escritório
Não come nad, agora será que é da doença? Fico preocupada
Ele não deixa
eu saber das coisas, eu pergunto, ele não fala
Tenho medo do seu pai morrer Lara
Onde ce tá filha

Lara do céu
Quer matar a mãe filha
Responde

Encaminhada
Tia, a Lara não lhe avisou?
Ela está em uma viagem para a Itália.
Nós estamos bem, tia, e fique tranquila sobre a Lara.
Converso com ela, sim.

Filha a Beca disse que você viajou, mas sem falar nada pra mim filha
Sou sua mãe

Voce morre eu nem sei que foi feitoda minha filha
Jesus

A menina da beca nasceu viu
sua afilhada foi a Ana que me disse

manda uma foto quando tiver com ela
Será que ainda se usa sapatinho de crochê
pensei em fazer pra nenê
olha com ela a medida do pezinho
ou casaquinho
responde Lara

Oi, Mãe. Está tudo bem.
Você está bem? Como estão as dores de cabeça?
Mãe, eu viajei um pouco, saí do país. O celular ficou sem funcionar.

Ô, filha
Chegou bem

Depois explico com calma.
Acabei de chegar.

Que alívio
Me liga Lara

Mãe, desculpa. Foi de repente
decidi viajar de repente.

Sozinha filha viajou sozinha?

Sim

menina
viajando sozinha
e sem avisar
você não sabe que tem homem que mata mulher por aí
no estrangeiro
mulher sozinha filha
sua carne Lara rasga que nem a da gente

<3<3

Tamem te amo filha
Vamos se ver
Seu pai pode morrer Lara
Ando com medo
Ontem dona Odete disse que viu a Beca na televisão
O marido dela tão lindo homem bom, né Lara

Sim, mamãe. Ele é maravilhoso.

Você não tem namorado filha
Trás pra nós conhecer ele

Não tenho, mãe.

O marido da Beca não tem um amigo

Muitos

Ai menina

Vem aqui me ver, mãe

Seu pai, filha

Ele se vira, mãe. Vem me ver

Seu pai não pode gostar não é certo
É meu marido filha

Tá, esquece

Lara filha é seu pai,
a gente deve respeitar um pai
por pior que seja

Respeito quem me respeita, mãe

Um filho, deve respeito a um pai

Ele é que me deve os três dias de trabalho que perdi
quando ele me bateu na cara, Dona Marta
Me atirou na mesa
Quebrei o braço
Esqueceu?

Vamos deixar isso no passado filha

foi errado
é um homem duro seu pai
sem jeito para as pessoas
você deixou ele nervoso

Eu também estava nervosa
Mas não atirei nada na cabeça dele

É um homem não sabe se controlar na raiva
homem tem dessas coisas que a gente precisa deixar
pra lá quando embrutece
e a natureza do seu pai
Ele é um homem de educação dura Lara
mas foi pai responsável lhe deu de tudo
tem piores por aí eu penso
não é perfeito mas faz a parte que lhe cabe
saiu do sério
no fundo tenho pra mim que já se arrependeu

mãe, de novo não, chega

No fundo, ele ama você

Ele nem se ama, mãe

Seu pai tem muitas feridas

Ótimo, agora somos dois
já q meu bravo nunca mais será o mesmo.
*braço

tava errado lhe bater
aí tem que você gritou com ele
ele enfureceu
nunca gritei com meu pai
homem antigonão tem isso de ser gritado
por ninguém

Então, mãe
A Itália é tão linda
Tem tanta coisa linda pintada a mão
Tantas cores, e os cheiros
O cheiro de limão em Positano, nossa
o mar lá é lindo, mãe
Você iria amar
Eu te amo, viu

Ô, filha, te amo também
lindo é? Como o daqui não?
Tomou banho de mar lá Lara? Viu o que

Lindo
Diferente
Vi tanta coisa, quero cozinhar para você
umas coisas que aprendi lá

Tem seu pai Lara

Pode levar um pouco pra ele

só rindo você sabe que seu pai

só come a minha comida e não gostade
comida requentada só fresca

Bom, vou cozinhar
passo e deixo com a Alcina
ela entrega pra você daí
você prova e me conta o que achou.

Minha bonequinha sinto saudade
Deus te guarde Deus te guie Deus te oriente
Deus te leve pros melhores caminhos Lara
Deus sabe como eu que você é a melhor menina
do coracao mais bom
que leva meu coração com ela até pra Italia
amor dessa mãe
não some

não sumo
tô aqui

(queria tanto que um dia ela viesse para mim, deus quer, você comigo no barco, segura aqui a ponta do novelo, segue a linha, só segue a linha, deus quer, o mar sempre foi sempre será a porta da fuga desses casamentos infelizes, uniões subterrâneas que não deixam enxergar as estrelas, deus quer, vamos afanar o que devia ser nosso, sobreviver lutando com espadas cortando o ar, sentir o oceano salgar os nossos cabelos, o gosto do mar nos lábios, o vento da liberdade, ser constelação e não costela, deus quer, mãe, nós livres, a alma sem amarras, minha mãe, perdeu a capacidade de escutar a alforria de deus)

XX

[intermezzo nº 1]

Quijila é uma palavra da língua quimbundo. Está no dicionário.

Também conhecida como quizila ou quezília, significa repugnância, antipatia.

Uma quijila é também uma regra de conduta no candomblé, uma interdição, algo que não se pode fazer, porque desagradaria o orixá. Desrespeitar uma quijila é uma afronta grave, que costuma demandar compensação ou punições.

O orixá não gosta de quiabo. Não pode comer quiabo. É um tabu, mas é também uma rejeição.

Eu sei porque meu pai usava muito essa palavra.

XXI

[25°25'08.6"S, 49°17'16.3"W]

Quando se vê que é uma menina se crê, acabou a solidão, ela pensou enquanto olhava as fotos espalhadas na cama, a bebê enrolada na manta em seus braços, duas mãozinhas gordas enroscadas nos seus cabelos.

Marta sentia falta da sua bebê como um repuxo atrás do umbigo, uma farpa incômoda que reverbera pelo corpo como uma colher roçando no fundo da panela para os ouvidos.

Olha para os braços com o oco de abraços, olha o chão procurando os olhinhos no tapete grudados nos pontos do seu crochê, nas voltas no ar que o novelo de linha dava ao se entregar para a agulha.

Quando se vê que é menina a gente acha que não é mais sozinha na vida e que na filha sua existência ganhou um propósito, guiar, ensinar o roteiro das coisas, e Marta achou que ia fazer tudo isso, conversar com a sua filha, porque ninguém nunca explicou nada a Marta, a vida dela foi uma sucessão de sustos.

Foi a quarta menina de oito, cuidada sempre pela irmã mais velha, uma criatura cansada cedo demais do destino nenhum que era a sua sina de primogênita, cuidar dos irmãos na juventude e da mãe na vida adulta. Nem a mãe lhe dava palavra nem a irmã lhe dava palavra, Marta só ouvidos inviolados, um dia foi levada até a sala para conhecer um rapaz, ele lhe olhou demorado até ela mesma se afogar em enrubescimento, ela não demorou levantar-se e pedir licença, ia ter com a mãe na cozinha, Marta cortou tranquilamente tomates para a salada, sem mais conflitos aparentes, desinformada de que aquele rapaz na sala viria a ser o seu marido, que aquele rapaz na sala seria a bruta roda dentilhada que moveria a seco, dali a pouco em diante, toda a engrenagem da sua sina.

Marta se arrepende de não ter ficado por mais tempo naquela sala, Marta hoje pensa que talvez ele tivesse desistido dela, que talvez tivesse parado de enrubescê-la por própria vontade, não é só isso, ela também sente saudades do calor na pele que aquele olhar lhe deu, não muito tempo depois aquele olhar se foi para sempre e ela sequer lembrava da última vez em que se viu por tanto tempo espelhada naquelas pupilas do rapaz.

O casamento, para ela, foi susto. A gravidez foi susto. A vida lhe acontecia como se a felicidade fosse só esse deslocamento repentino no fluxo das coisas.

Mas quando Marta olhava o tapete e via as duas pedras negras que eram os olhos de Lara sem piscar lhe vigiando, atenta, pensava que ela poderia planejar o seu caminho, Marta lhe explicaria, cada ponto, cada laço, cada volta da linha, lhe daria a mão e lhe levaria, ela não iria se perder jamais.

Só não pensou na falta de prática, seus ouvidos desaproveitados, sua voz muito pouca já desde a garganta, a fala não encadeava, não laçava as palavras, não fechava ponto, embaraçava-se nas frases e a filha, menina de outros tempos, acabava sem respostas compatíveis.

Marta começou a lhe dar abraços nesses silêncios e pensou que abraço podia ser resposta, sentava ao seu lado e lhe trançava os cabelos que podia ser resposta e ria baixinho das histórias confusas que podia ser resposta.

Marta também aprendeu o dialeto do olho com o qual travava com a Lara demorados diálogos mudos, podiam ser divertidos, mas foram ficando cada vez mais enevoados, o olho de Marta tremia pensando que Lara ia lhe escapar, tão imensa a sua filha, de ouvidos bem treinados e sua fala dançava no ar feito a agulha de Marta trançava a linha do novelo, um chicote de domar ventos e a mãe tinha tanto medo pela filha e tinha também orgulho no medo.

Ela sabia que não conseguiria trancar a filha no seu armário deixar Lara ali quente entre lençóis bem lavados e sachês aninhada na sua camisola de dormir e não iria mentir que a ideia lhe era prazerosa, mesmo sem poder ou sem dever esconder dela o tamanho do mundo o tanto de feridas rachaduras que a vida seria capaz de fazer na sua boneca.

Louça. Feita para trincar.

Marta sempre achou que sendo menina estava certo que ela lhe seria útil, sua necessidade estaria garantida.

Meninas precisam das mães até o fim, e Marta se culpava de não saber explicar a volta da linha e o ponto e o laço para Lara porque não acompanhava as voltas que o novelo de linha dela dava, Lara se correnteava sem a sua ajuda enquanto crescia e Marta perdeu a conta dos pontos. No final, sua necessidade não era. Aquela era uma boneca para nenhum armário.

XXII

[un poco andante, quasi allegro]

A cabeça da gente é um arquivista bêbado, uma biblioteca descuidada, que engole e encontra livros aqui e ali. Um repositório invejável que não foi bem construído para conter.

Eu mesma nesse momento sobrevoo nela tantos lugares de tantos jeitos, água correndo memória afora e já sabemos. Esse rio nunca é rio da mesma forma.

Alguns dias acordo um continente inteiro, outros eu mal ocupo o chão sob meus pés. Há momentos em que tudo é muito límpido e as respostas estão todas lá, na superfície, mas, por vezes, parece que tudo se agita e mal consigo manter o nariz para fora e respirar. A gente amputa do espírito o que não parece razoável (ou que não conseguimos justificar) e segue exibindo só a nossa última camada de tinta, lisa, uniforme, coerente. Se um rasgo na estrutura não expuser, por um acidente qualquer ou necessidade, o verde e o bege debaixo do último azul na parede, nunca se saberá quantas camadas de umidade e mofo se escondem abaixo dessa nova demão.

Não sei bem quantas cores já adornaram as minhas paredes por dentro, mas sei que vou lixar, e expor os tijolos o quanto a carne aguentar. Enquanto isso, minhas camadas ficam assim, superpostas, semiexpostas, se ajuntando descombinadas sobre a argamassa, mesmo ela violada em alguns pontos, também o emboço esfolado com suas vísceras para fora.

Para olhos mais gentis, talvez se veja até beleza na vulnerabilidade dessa parede esfacelada, constrangida, com seus véus mal ajuntados, tentando fazer sentido.

XXIII

[25°25'08.6"S, 49°17'16.3"W]

Ronaldo nunca tinha sido criança de verdade, por isso era difícil para ele entender aquela criaturinha meio tola zanzando pela sua casa, desinformada de tudo, sem dar conta de cortar a própria carne no prato, de escovar os seus dentes, incompetente para seguir regras e, pior, sem obrigações definidas na vida.

Parecia um jeito inútil de se ser humano.

Ronaldo se preocupava com isso. A menina carregaria sua linhagem daqui pra frente, era preciso dar caminho ao próprio sangue. Mas o trabalho não deixava Ronaldo pousar por muito tempo em casa, estava sempre fora de Belo Horizonte, negociando pedras e arrodeando as bocas das minas. Por isso sempre que Ronaldo se via sozinho com a menina, entendia ser dever seu dedicar um tempo a dar utilidade aquele seu pequeno fruto, um interesse que se criasse e enraizasse e fosse capaz de lhe tirar do marasmo de ser criatura sem propósito no mundo.

Ronaldo então dispunha em ordem sobre a mesa do escritório uma parte da sua coleção de gemas e rochas, posicionava a criança do outro lado, ajoelhada sobre uma cadeira para alcançar o tampo, e começava a desenrolar enfaticamente o magistério.

Vê aqui, menina? Olhe bem, veja aqui, essa pedra tem esses riscos dourados, percebe? Muita gente chama essa pedra aqui de cacoxenita, essa pedra roxa com riscos, mas está errado, está errado, entendeu?, isso é uma ametista, essa outra pedra roxa aqui também é uma ametista, as duas são ametistas. Mas essa aqui com os riscos, esse amarelo são incursões de goethita, pode pegar essas, pegue, abra a mão, menina, pode segurar, sentiu a pedra?

Agora tem essa amarela, toda amarela, o nome dela é citrino, repete comigo, CITRINO, depois você aprende, mas agora vou lhe dizer o mais importante, o citrino é um quartzo laranja, Larimar, preste atenção, não se pode chamar o citrino de topázio, isso está errado, ouviu? Olhe para o seu pai agora, vamos ver essa pedra aqui, olha, perceba, você acha que ela é igual às outras? Responde, sim, não?, balance a cabeça, não é pra ter medo, menina, diacho, não é, viu, pronto, essa é a ametista-citrino, você pode chamar ela de ametrino, olha que linda, ó, tem roxo aqui, tem amarelo, os dois na mesma pedra, bonito, né, você acha bonito, não se misturam, vê.

A menina, com as mãozinhas abertas apoiadas no tampo da mesa, o corpo minúsculo esticado ao máximo, solene, tinha os olhos fixos bem abertos, a boca quase lacrada. Não sabia bem a que universo o pai pertencia, salvo que não era muito parecido com aquele a que estava acostumada. Aquela sala escura, a caverna onde ele costumava estar, raramente de portas abertas, era proibida para ela, cheia de pedras brilhantes ou coloridas ou as duas coisas, mas ela nunca podia tocar, nem mesmo olhar para elas, salvo nesses minutos de explicação mineral quando ela mais fingia interesse, petrificada pela deferência do medo, incapaz de divertir-se com o brilho e as cores do objeto proibido. Ouvia sem ouvir realmente e aquiecia às vezes com a cabeça, o olhar fixado no homem só deslizando, quando aparentava ser necessário, do rosto para as pedras e de volta.

Agora vou lhe mostrar essa pedra, a pedra do seu nome, que fui eu mesmo que escolhi. Essa pedra azul, com esses branquinhos dentro, feito espuma. Por fora, olha como é todo sujo, áspero, toda pedra é assim, sabe, menina, com toda pedra a gente precisa ter paciência, tem que persistir, perseverar, até ela se abrir e mostrar, olha só, essa beleza, parece é um céu cheinho de nuvens, olha só.

A menina não viu que, enquanto ela alisava a parte interior da pedra, aquele azul leitoso riscado de branco, o homem sorriu. A pedra era o orgulho da sua coleção.

Essa pedra foi descoberta não tem muito tempo, sabe? Como você. É uma variedade de pectolite, só existe na República Dominicana, lá pelo Caribe. Acharam que ela tinha vindo do mar, veja só, mas ela não é do mar, não, ela é rocha vulcânica, entende, significa que veio de um vulcão, caiu lá de cima, se descolou da rocha do vulcão e então caiu no mar, que foi onde acharam ela. Gostou dessa, Larimar? Você entendeu tudinho que expliquei, né?, não vá errar, agora devolve para mim que vou guardar as pedras todas, você já pode ir brincar, você quer ir brincar, né?, sabe descer sozinha?, ótimo, vá lá pra fora, eu vou fechar a porta agora.

XXIV

[10º03'37.0"S, 41º46'46.5"W]

Mãe, ô mãe, acorda, tem uns homens aí fora gritando, Cícera despertou com seu filho caçula sacudindo-lhe o braço tatuado de veias saltadas, abriu os olhos sem entender direito o que se passava, cadê seu irmão?, tá dormindo ainda, mãe, eu tô com medo, fique calmo, menino, deixe eu ver o que é que tá acontecendo, Cícera foi até um rasgo na lona da cabana que lhe fazia as vezes de parede e viu lá fora muitos policiais, uma gente armada até os dentes vestindo preto, iam arrastando as pessoas para fora das cabanas, mandando sair da barraca com as mãos para cima e se ajuntarem todos do lado de fora do acampamento, Dona Cícera se desesperou, acordou o filho mais velho e correu atrás do seu tesouro, sua pouca riqueza escondida guardada para ir ter com a prima em Belo Horizonte, ter uma vida boa com os meninos, seu sonho de vida mediana, camuflou cada pedra que conseguiu em cada buraco possível na sua roupa, na dos filhos, deu nó nas barras das calças para que as pedras não caíssem, pronto, agora eles precisavam sair, as vozes dos homens já estavam se aproximando, abraçou o caçula que tremia de medo, relaxe, Nado, vai ficar tudo bem, tenha calma, olha, já era mesmo hora da gente ir embora daqui, vamos sair e pegar nosso rumo, venha aqui você também, José, e Cícera virou para puxar seu outro moleque, mas não alcançou mais o braço dele, José estava já na porta do barraco, Cícera abriu a boca, aquela casca rachada onde antes havia lábios se preparando para ralhar com José, de repente viu nos braços do menino a espingarda e o coração de Cícera pulsou tão forte que retumbou no corpo inteiro, esticou o braço no vazio como se a força do seu pensamento pudesse puxar a criança de volta, de volta pro oco dos seus braços, tentou e tentou alcançar alguma voz, mas da casca rachada que Cícera tinha no lugar da boca só saiu um urro seco, sem nome à vista, e ela viu em dois segundos o destino do filho, o corpo se esfacelando no chão seco do garimpo, correu em desespero para ele, o pulso travado, as unhas já ferindo a palma da mão, se jogou na direção do menino, um menino quase homem, Cícera ausente de seu próprio corpo buscando uma maneira de evitar a tragédia sem dar conta de acalmar o sangue que berrava em suas veias saltadas, tentando salvar seu menino como pudesse.

Lançou-se correndo em direção a José que já escapava da barraca, já se ajeitava do lado de fora para atirar, já caía no chão fisgado pelas balas dos policiais, ela mesma também caindo sobre o menino, sentiu o filho ainda quente debaixo do seu corpo, o peito dele úmido, os olhos dele parados, duros, tá morto o meu menino, Cícera de repente percebendo que a vida também já lhe escorria do corpo, estava úmida como José, tocou na barriga e viu as feridas, o fluxo do sangue do filho já se encontrando com o fluxo do seu próprio sangue e eles escorrendo juntos corpos abaixo, invencíveis, abrindo na terra seu caminho, tempo e persistência, Cícera levantou o olhar para seu outro filho que ficou imóvel na porta do barraco, falou a ele com a sua casca rachada sem batom, tempo e persistência, escuta?, mas o menino não reage, a voz de Cícera não está mais saindo, ela olha firme para ele, ela fala a ele com o olhar, escuta, Nado, não há vergonha alguma em permanecer, ouviu, me escuta, ela sente a barriga queimar, grita mais alto com os olhos para o menino, você escutou?, responde, ele faz que sim, Cícera crê que viu ele fazer que sim, ela sorri a sua casca rachada, sua falta de dentes, é isso. A sua carne esfacelada, uma parte ou outra perdida, mas ficava esse pedaço seu, uma semente sua. Permanecer.

XXV

[25°25'08.6"S, 49°17'16.3"W]

Zulmiro sobe a ladeira em direção ao casebre, olhando bem para todos os lados, um costume, não importa se tem ou não algo a esconder, abre a porta de madeira mal costurada, e entra, fechando a tranca com um barulho alto. Para, por alguns segundos, diante da porta toda rajada de luz, insuficiente para conter a luminosidade externa, com suas frestas entre as ripas.

Repassa um a um os potes de mantimentos que se enfileiram nas prateleiras, procurando o pote secreto. Arroz. Trigo. Aqui, sem etiqueta.

Desce o latão até a mesa, no tampo os riscos de luz vindos da porta sobem na superfície do objeto, mostrando pedaços da sua cor esverdeada. Zulmiro retira a tampa e deposita na mesa, a luz resvalando para dentro da lata e cintilando nas peças de metal dourado ali dentro.

Recolhe algumas peças e enfia no bolso, ele só vem até o latão quando não há outro jeito, quando o ponto é sobreviver.

Por isso arrastou o peso daquele tesouro todo até ali, vagou por mar e por terra até o instante de abrir essa lata na penumbra, catar algumas patacas e enfiar no bolso para transformar o peso do ouro em permanência.

O rastro do metal é úmido e vermelho e sempre o deixa melancólico, pelos tantos pedaços de matéria arrancada que contém, pela casca que lhe cai das mãos enquanto lapida a vida recebida bruta, fora da forma que se almeja, a vida suja, cheia de asperezas e escuridão, cuja couraça se vai rasgando, exposta a carne como dá, e a bicha luta, a coisa resiste à vontade do homem que lhe quer na forma, quer dar-lhe a aparência certa, a coisa sólida brigando, se debatendo nas suas mãos, ferida, mas não se pode desistir.

Serrar e serrar, perseverar no golpe, ir firme no embate iguais em força, colidindo, empurrando e sendo empurrado, com a mesma solidez no peito de um homem que vê a mãe e o irmão caírem, vê a vida lhes sair dos lábios rachados feito brisa, persistência e tempo, cortar com precisão, retirar todos os excessos, persistência, persistência, a rota ideal, procurando e perdendo a forma, a linha perfeita, o risco pretendido.

A coisa bruta, da sua imperfeição, desenhou-se única, passo após passo conforme o plano, a meta, erguida como a espada retirada da pedra, erguida ao alto luzindo ao sol. Ronaldo olha para aquele pedaço de citrino perfeito, lapidação em degrau, desníveis paralelos nas laterais, toda fragilidade removida, tempo e persistência, a gema pronta para sobreviver e permanecer.

XXVI

[(nullam) requiem]

Ela disse que a morte é um conjunto de faltas que mora em toda gente, um todo afinado de ausências, todas as mortes juntas morando em todas as pessoas, eu contendo todas as mortes que me precedem, ela disse que a morte é uma pilha de roncos ocos que se acumula geração após geração uma manada de faltas de toda uma existência, ela disse que a vida é um mosaico de mortes rejuntadas, ladrilhos pedaço a pedaço conciliados, dor sobre dor e cimento, ela disse que a morte é o ronco oco numa garganta escancarada sem conteúdo, unhas ferindo a palma da mão, um animal escondido sob a pele que se ergue, que se estica em desespero, querendo rasgar, querendo transbordar, ser para além do invólucro que o detém, ela disse que a vida é uma coleção de remendos, como paredes contendo o fluxo do sangue que quer escapar pelas frestas, são costuras pulsantes que se esgarçam, que se esgarçam, em pulso, em pulso, e a pele, ano após ano afrouxando em torno das cicatrizes, se enrugando e se amortalhando, ela disse que a morte é conjunto, que se acumula, que é entregue pela vida que a recebeu em primazia para a vida que a partir dela se iniciou, a morte é herança que não se gasta, que não se enjeita, é hábito que adere à alma, nuvens que sem mais sombreiam o céu e nem se sabe que elas estão lá.

XXVII

[20°30'29.9"S, 29°20'27.0"W]

O marinheiro Andrade tremia quando começou a contar a história ao Comandante, a gente deu a volta na base do paredão para ver o outro lado do túnel, aquele túnel que o mar cavou na base do vulcão, sabe, foi quando o fuzileiro naval Miranda teve a ideia, acho que ele já vinha com a ideia porque já estava com a corda, a maré estava baixa, o mar espelhado, sem uma ondinha sequer, ele amarrou a corda na cintura, ele me disse assim, Andrade, eu vou mergulhar e você me puxa, mas só se eu demorar muito, você puxa a corda, certo, eu disse certo, bem, ele disse que queria atravessar o túnel, isso, atravessar, não falou de procurar nada lá dentro não, atravessar o túnel, ele falou, eu esperei, ele então não voltou, não deu notícias, eu puxei a corda, puxei e veio assim como o senhor está vendo, solta, sim, eu olhei por tudo ali, eu gritei, então vim buscar ajuda, sim, o mar estava baixando, baixando, de repente toda a água veio de uma vez, uma massa de água violenta, senhor, parecia que o mar criou uma mão, uma mão saída do oceano, para agarrar o Miranda, a água estava viva, juro por deus, eu gelei, a água se jogou para dentro do túnel se batendo nas paredes, brava, varrendo tudo, socando tudo, eu tentei me proteger, a corda veio solta, ele entrou no túnel amarrado na corda, achou que eu ia conseguir puxar ele de volta, ele não pensou no mar, não respeitou o mar, queria vencer o túnel e entregou a vida, me entregou a ponta mas não havia corda segura, não havia, o túnel engoliu ele, o mar engoliu ele, acabou.

XXVIII

[25°25'08.6"S, 49°17'16.3"W]

Eu achei uma foto do meu pai criança. Camisa de botão, manga curta, bermudas e chinelo, daqueles em azul e branco, bem antigos.

Em um dia bom eu perguntei a ele de quando era essa foto. É de quando sua avó era viva. A gente era quijila numa mina de ametista.

Levantou e saiu, que era o jeito dele de finalizar todas as conversas.

Até então eu não tinha ideia do que quijila significava, mas já tinha ouvido muito a palavra, era o nome mais suave de que ele me chamava quando brigava comigo, o que era bem frequente, e àquela altura eu já tinha até criado uma afetividade com o apelido.

Olhei de novo para o rosto da vovó recém-recebida na foto. Tinha um meio sorriso daqueles de boca fechada, usava uma camiseta com o rosto de algum político, colocada por dentro de uma saia até os joelhos, os braços com as veias protuberantes, pareciam pequenos vermes caminhando sobre seus membros superiores, o rosto curtido, amarrotado, os cabelos semi-domados em um tecido amarrado para trás. O olhar da vovó era algo que nunca vi. Uma mistura de indiferença com cansaço. Papai sentado em um banquinho ao lado, vovó de pé, o seu corpo parecendo sinuoso, como se quadris e ombros não se alinhassem com peito e abdômen.

Eu quis muito aquela avó naquele momento, mais do que já quis o meu pai em todos os meus dias de vida. Engoli daí o pavor e segui atrás dele.

Deu um pulo quando ouviu a minha voz, perdido com a novidade de uma continuação, pai, o que é quijila?

Ele inflou o peito e travou, parecendo estar decidindo entre explodir ou me ignorar, mas acabou expelindo o ar com palavras junto. Quijila é uma profissão, se é que pode se chamar assim. Desde que me entendo por gente, minha mãe, eu e meu irmão, a gente quijilava, a gente ia pras mutueiras, umas pilhas de restos das minas de ametista, uns montes de pedra dessa altura assim, ia com martelo, saco, peneira, a gente ia com o dia ainda escuro, lavar pedras, revirar tudo atrás de pedrinha de ametista, o dia todo no sol, na chuva se tivesse, e você, hein, que não aguenta nem uma chuva, vive com essa coisa de filtro solar, acho é graça, se Curitiba tivesse aquele sol, pois sua avó passava o dia todinho no sol, mas era sol mesmo, não essa lampadinha que eles acendem por aqui, você vê seu pai assim, bem, acha que seu pai nasceu pedrista, não, teve muita pedra pro seu pai erguer, e quebrar, tem muita pedra no meu lombo nessa história, meu descanso não brotou não, minha filha, seu pai calçou muito o cavalo, foi cortador, muita pedra no meu lombo, muita carga nas costas.

Agora foi a minha vez de soltar o ar, porque eu não esperava que depois de tantas palavras ele ainda me olhasse como se pudesse haver mais.

Eu tenho um tio?

Papai então inspirou com tanta força que senti um repuxo forte no meu corpo para frente, levantou e virou como sempre, expelindo com o ar as palavras que eu sabia que seriam as últimas, não tem, meu irmão morreu, tem tempo já, não tem tio nenhum não.

Olhei de novo para a foto e me curei nesse laço achado, um afago fantasma no peito, sopro na ferida ralada, uma vovó, bracinhos desenhados de veias, sorriso escondido, minha avó e meu pai quijilas, tabu, vovó rejeito, meu tio morto rejeito, tudo tudo tabu, tudo proibido, é preciso obedecer, não ultrapasse os limites, obedeça os limites, não quebre a quijila.

Papai bem sabe, que quando um corpo se esfacela, certos pedaços não se encontra mais. Ele havia de saber bem.

Seguiu me chamando de quijila de merda quando bebia demais, mas aí eu passei a ver a vovó, vovó e seu mapa cheio de caminhos traçados nos braços, quijila com seus meninos, sua couraça curtida ao sol, um bafo quente capaz de curar mágoas cantando rimas, jogando o corpo feito ponteiro de segundos quebrado, batendo pra frente e pra trás, a mão marcando o som com palmadinhas na minha coxa. Vovó com seu filho anjo, tabu nessa família que já carrega tantas pedras, que atira tantas pedras, vovó meu deu um orgulho danado de ser quijila na vida dele.

XXIX

[25°25'08.6"S, 49°17'16.3"W]

Lara. Assim minha mãe me chamava desde pequena. Não o meu pai, ele sempre muito dono das suas obras, gostava de arrotar ao vento como decidiu meu nome assim que deram a ele a certidão de menina para levar no cartório, como, por sua conta e sem perguntar a ninguém, colocou em mim o nome que tirou da sua brincadeira de criatura já nascida velha, o nome de uma pedra. Virei eu mais uma rocha na sua coleção de pesos.

Mamãe só teve mesmo como me dar o apelido, que tratei de fazer mais meu nome do que o próprio nome, afrontando a avalanche e a fúria dos pesos que viviam escorrendo daquele homem-montanha sobre nossos corpos. Eu era Lara porque eu era dela. Sou Lara, resisto.

Só que a corruptela do nome imponente que ele escolheu acabou por fazer muito sentido.

Google para LARA.

Lara, Filme de Jan-Ole Gerster. Lara, filme de Ana Maria Magalhães.

LARA, Latin America Research Awards.

Nome com origem no termo *laléō* que, em grego, quer dizer *falar*. Ninfa também chamada de Tácita. Zeus pede sua ajuda para violar Juturna, ninfa das águas, que se escondia da aproximação dele no Rio Tibre. Lara conta a Hera sobre as intenções de Zeus que, furioso, corta a sua língua e ordena que Hermes a conduza ao Hades. No caminho, Hermes a violenta, sem que Lara consiga gritar por socorro. Dá à luz filhos gêmeos, chamados Lares.

O nome partido ao meio que a voz silenciada conseguiu me dar, Lara. Só uma parte, Lara. Esse pedaço rachado de pedra. Lara fala baixo, Lara, não irrita ele, Lara, fica quieta, Lara, não contradiga, não fale tão alto, desce daí. Lara, eu estou bem, Lara, você não entende, Lara, é assim mesmo, Lara, eu que te peço, Lara, não fala nada, Lara, já vai sarar, Lara, vai ser pior se a gente falar.

Lara, eu não tenho ninguém, Lara, eu não aguento, Lara, eu não quero, Lara, assim você não me ajuda. Seja uma boa menina, Lara. Fica aqui no seu quarto que vou apagar a luz.

XXX

[lamento della larimar]

sou eu a mesma que foi
quis mesmo aquilo que fiz
se foi eu mesma quem quis
quem foi mesmo que fez
quem fez aquilo que quis
sou mesmo aquela que fui
sou eu a mesma que fez
quem quer o mesmo que faz
foi mesmo ela quem quis
foi ela a mesma que sou
quem sou foi ela quem quis
quem quis a ela o que sou
sou mesmo o que ela quis.

XXXI

[25°25'08.6"S, 49°17'16.3"W]

Ronaldo deu mais um gole e apertou a pedra na palma da mão. A dor nos quartos de novo, diacho. Há uns meses a coisa apertou, esse incômodo mais agudo, mais fino cruel a pontada pinçando forte os nervos, diacho, ô coisa triste é sentir que a gente vai morrer afogado na dor.

Puxou um lenço do bolso e recolheu a água que lhe escorria da testa, o desconforto tendo passado por ora. Ficou ali apoiado no lado esquerdo da cadeira, o corpo semi-sentado, achando a posição melhor para aguardar a próxima fisgada. Deixou o verso caloso do dedo polegar roçar as arestas da ametista bruta para desanuviar a alma, já de menino era assim que Ronaldo voltava a si, tinha essa pedra desde o tempo da mãe viva.

Tem tempo passado desde que Dona Cícera era tão perto dele como hoje, toda a ideia dela lá estando dentro dele em cada pensamento, tão aconchegada como nunca. Deve ser o bicho, esse bicho doença que agora come Ronaldo por dentro, agora era menos gente viva e mais fantasma, era mais a sua própria gente, o pai, a mãe, o irmão. No fundo, se não fosse a dor, Ronaldo seria mais feliz nesse lugar, até mais leve, até menino. Quase podia sentir o gosto da poeira que subia na estrada para a mina quando passava um carro, ele e José correndo atrás para ver a realeza que ia descer dali, novidade que era um veículo vindo da capital por aquela terra perdida. Chega a ser graça que pra Ronaldo hoje aquele tempo é felicidade, quente no peito que faz até brotar sorriso, veja, antes ele até achava que não sabia sorrir mais. Esses tempos de morte, imagina, são tempos de encontro. Ronaldo fecha os olhos e sente as ranhuras na carne dura da mãe, sua unha mal cortada limpando a sujeira nos cantos da sua boca, o chute da sola cascuda do pé do irmão, deitado no colchão sujo, provocante, lhe chamando pro embate, que era como se davam abraços naquelas épocas. Ronaldo, perto da morte, se sentia finalmente compreendido, como se houvesse um lar verdadeiro para si no passamento.

Não tinha culpa nenhuma no que ficava para trás. Fez o que devia ser feito, arrumou uma mulher direita, constituiu família, foi homem de bem, enricou. Com todo conforto que lhes deu, se achavam de viver perdidas feito mariposa quando a luz apaga, a mulher sempre encolhida, aterrada como se não se soubesse gente, afe. A filha, traste, criatura insatisfeita, cheia de ânsias. Ronaldo acabou por concluir ser culpa sua essa filha delinquida, não dava para garantir o sangue da mãe e apenas na filha menina, é isso. Quando a gente faz a cria, é uma sorte. Ser menino e acabar efeminado, chorando pelos cantos besta assustado sem força pra vida. Não pegar bem a porção de homem do pai, é uma mistura sem regras que dá dos seus erros, e aí fica cada pai com a sua cruz para lidar. A porção homem de Ronaldo se agarrou na alma da garota na sua feitura, maior do que o bocado de mulher que lhe veio da mãe, uma mãe meio esquecida de existir, não teve comparecimento na hora de se misturar na alma da filha. Capaz de ser. Ele, casmurro, vingou mais. Se fosse homem, podia ter dado bom, veja bem, mas calhou de ser menina, a diacha. Deu-se esse descuido.

Era pretender demais da moça falhada, com esse naco de homem maior do que a parte de mulher que deveria lhe caber, colocar-lhe o cabresto como se deve. A menina lhe peitava de um jeito. Não tinha, não tinha jeito, lhe escumava o sangue, afinal, ele tinha sangue forte correndo nas veias. Menina-macho a diacha. Bicho bruto. Desorganizou-se a procedência. Não lhe cabia, isso, não lhe foi justa essa provação. Não estava pronto.

Ele tinha um plano bem colocado de vida, direito, ele seguiu o traçado, honrou a mãe e o pai num milagre de tipo tal que só um homem bem pautado daria conta. Fez destino rico nas pedras como Seu Paulo sonhou, mas foi moderado como Dona Cícera queria. Viveu por ele e por José. Nunca se deu a desplantes, nunca fez a vida à toa, foi homem premeditado em cada passo.

A vida agora quer lhe levar assim, feito quijila. Sem cria de junto. A mulher, se consegue olhar através dela, nem vapor, que se sente quente, ela é é puro vidro. Se quebra, se junta, se quebra, Ronaldo não aguenta nem olhar mais para aquele pedaço de vento com quem seguia casado. Aquela casa enorme onde nada que lhe aconchega é, aquela gente medida lapidada, Ronaldo gosta é de pedra cheia de aresta. Pedra bruta, gosta de ver o cintilar aparecer da pretidão, gosta de se perder buscando o brilho debaixo da sujeira. Ele se perdeu naquela linha de chegada, mas não se julga, porque, no final, não era sobre ele. Era sobre permanecer. Era sobre guardar o luzidio sob o tempo, persistência, era preciso segurar a carne em pé. Já eram tantos os pedaços de Ronaldo que se foram, já tanto que escorreu pela testa pelos olhos pelos poros e no fluxo abriu a terra, fez túnel, tempo e persistência, é certo que muito muito mesmo se perdeu. É a alma, que mesmo quando o corpo segue inteiro, ela se desfaz no curso, e tem uns pedaços, sabe. Não se recupera mais.

Mas nunca foi sobre ele.

Até aqui. Na dor, na agulhada da doença, Ronaldo achou o caminho para virar menino. Ele vê as mutueiras, ele sente o beijo de casca rachada da mãe, o carinho encarquilhado das suas mãos limpando-lhe os lábios, ele pega o martelo e procura, o luzidio da pedra, a risada solta atrás da poeira, como pode. A desgraça lhe liberta. Não tem sentido, mas é. Na névoa da poeira também via a filha, arredia menina-ele malfeita aquela quijila, diacho, não dá pra se saber quando se escreve um plano, um plano bem escrito, que o coração vai criar dessas armadilhas, essa menina, inventou de pegar a carne que é sua, o sangue que tem o seu jeito, e agora, não há mais tempo, não há como, organizar tudo diferente, é preciso seguir o preceito direito, a ferro, a fogo, a pedras, um toque errado e tudo se esfacela e a couraça não deixa a terra descer sobre a sua cabeça pois essas linhas de pressão essa terra querendo ser livre e seguir e a gente a gente precisa cavar a sujeira o brilho o tesouro pois sem ele não há saída não há saída e essa menina precisa saber que um dia queira ela ou não ele lhe entregará suas cicatrizes uma costura malfeita tantas faltas frestas ausências tanta dor em cima de dor morte não se enjeita se ajunta cada tijolo cimentado ao outro permanecendo.

mais uma camada.

XXXII

[25°22'54.8"S, 49°15'58.7"W]

São Lourenço é o padroeiro dos cozinheiros.

É também o nome do parque onde costumo caminhar, colocar a cabeça no lugar, eu gosto do equilíbrio perfeito dos seus elementos, uma trilha de subidas e descidas e trechos planos em uma pista de mais ou menos um quilômetro e meio, quase toda sombreada (o que é uma vantagem pequena em Curitiba, cujo sol vive escondido). Não é um parque soturno, nem tampouco inundado de luz, não é muito florido, nem completamente verde. Há movimento, mas não muito.

O Parque São Lourenço é como a gastronomia, equilíbrio, a exata dose dos ingredientes combinados, atingindo a perfeição.

Enfim, um professor disse na aula isso de o São Lourenço ser o padroeiro dos cozinheiros, perguntando em seguida se alguém sabia a razão, como se alguém se importasse, um desses temas plantados no meio da matéria para criar um ambiente informal, pois Lourenço de Huesca, segundo consta, foi assado em brasa sobre uma grelha, fez aqui uma pausa dramática, no auge da agressão, já com parte do seu corpo queimada, Lourenço achou forças para dizer aos seus torturadores,

podem me virar agora, pois este lado já está bem assado.

A turma riu, a matéria continuou, eu fiquei ali parada nesse ponto, achei muito séria essa apadrinhagem do santo. Lourenço não era cozinheiro, como se podia esperar, Lourenço era a própria carne, o ingrediente deitado na grelha, a voz solene que emana do brócolis, fique atento, me vire agora, se vai sacrificar a minha existência para alimentar sua espécie, faça isso com perfeição.

O professor via em São Lourenço na grelha uma piada, acredito que a igreja não concorde com ele e veja fé na falta de medo do santo, convicção de que havia um deus bondoso do outro lado aguardando para abraçar a sua carne torturada ao ponto. Quem sabe Lourenço só inventou a coreografia no tocar da música, berrando seu gracejo insolente para com seus agressores sem pensar muito no peso da morte.

Essas narrativas lacunosas me despenteiam, pensar em São Lourenço, no minuto zero da existência pedindo ao Imperador para ser virado sem que ninguém possa jamais acessar suas razões, a história sendo contada aqui e ali sem que o fluxo da narrativa leve a gente para algum lugar seguro, Lourenço e a história sendo isso, um enfoque, uma série de talvezes, um conto aberto para o devaneio, onde de nada adiantará ao ouvinte enfileirar os fatos e tentar encontrar um sentido, natural, óbvio, não conseguirá, porque há na narrativa essas frestas, muitas frestas entre os eventos que se empilham, mesmo quando os organizamos todos lado a lado, mesmo que sigamos tentando encaixar cada um deles no todo, um após o outro, a verdade é alguns pedaços, esse pedaço que diria qual foi a motivação de Lourenço de Huesca em especial, se ele achou que haveria um céu de prêmio após a morte (essa espada retirada da pedra a ser empunhada pela eternidade) ou se ele só esbravejou o desaforo sem pensar muito, nunca se saberá. Lourenço levou a peça faltante consigo.

Qualquer encadeamento de ideias, qualquer escolha de palavras e zelo com as metáforas e tomadas de todos os ângulos e cuidado com a correta ordem e quantidade e administração de ingredientes, nada, nada levará à resposta sobre Lourenço.

Lançou o enigma e torrou.

São Lourenço, o grelhado, abençoa aqueles que assam a carne alheia para refeições.

Dá nome ao parque dos caminhos equilibrados, com seus patos e suas carpas.

E vive um pouco em Curitiba, essa cidade de ironia encasacada e poucos sorrisos.

XXXIII

[staccato]

No quadro da varanda gourmet a chuva não cai apesar do céu cinza, em suspenso, em suspenso, como a cena interrompida do filme no streaming que não carregou direito. O odor é de chuva, o sopro é de chuva, eu quase percebo a água cair não não há água caindo, será que eu quero que caia, não sei, não sei. Na minha cabeça tudo treme de expectativa e medo, se a chuva vier eu talvez me molhe e talvez me refresque, talvez adoeça, talvez eu ponha a língua para fora e deixe a água regar a língua e me penetrar, talvez a lama não me deixe voltar para casa sem estragos, talvez eu detone os sapatos novos e o penteado, talvez ela só umedeça a superfície da japona e tão rápido nem se veja mais sinais dela.

Nas portas de vidro da varanda gourmet uma, duas, muitas pequenas batidas das pedrinhas de granizo se recusando a passar despercebidas no fim de tarde, eu dentro tentando ignorar essas idas e vindas do clima, livro na mão, ele lá fora insistente, viciado na atenção alheia, plem, plim, plom, aparecido, lacrador, driblando o meu isolamento construído, persistindo em ser ouvido, visto, sentido. Me irrita, me irrita agora ter que levantar e fechar as cortinas porque o tempo não sabe ser sozinho, não sabe viver nos arredores e insiste em ser vedete. Agora só escuto o grito abafado, plem, plim, plom, um som diluído no cenário, no chiado do aquecedor, na centrifugação da lavadora de roupas que começou agora. O clima agora é só mais um nome para a paisagem de outra cena.

Abro uma das portas de vidro da varanda gourmet e quase me debruço buscando a brisa, vejo as árvores da rua no centro todas apáticas, beirando o coma, algumas folhas de tempero na horta já se fechando em desespero pelo medo de se perder na sede. Encho o regador e jogo ali um tanto de água, elas seguem encolhidas de medo desse entorno hostil, essa luz solar lhes cegando, sugando, droga da sua permanência cujo excesso, assim como a falta, é igualmente fatal. Aguardo, aguardo tirarem da terra o líquido, se permitirem sorrir as folhas, se afinarem com o calor imoderado do dia. Comigo é diferente, não me fecho à luz. Puxo a minha blusa pelo pescoço, arranco também os shorts, porque também a minha pele reclama do descomedimento do sol e quer equilíbrio, quer respirar sem cada barreira inútil sobre si, por ela removo cada escama que lhe encobre, cada cota de malha inútil, e vou nua até a geladeira.

Fecho as cortinas da varanda gourmet para tentar segurar a friagem que escapa pelas frestas do vidro. Visto por cima da segunda pele o blusão e então o poncho gigante, para só então colocar as camadas de manta e cobertor sobre as pernas esticadas em cima do sofá. A chegada do frio é interessante porque somos felizes evitando ele, superpondo demãos e demãos de agasalhos. O frio é como a dor, que existe para ser evitada, e a nossa felicidade na dor é o alívio de escaparmos dela. Erguemos barreiras, vestimos as nossas armaduras de lã e reverenciamos a agressão evitada. Nos encolhemos se acarinhando na pelúcia e voltamos ao princípio - o útero. Nele nos recompomos, animais selvagens, nos escondemos do seu corte em uma luta de capas e flanelas e vencemos.

XXXIV

[25°27'24.1"S, 49°17'11.0"W]

Era o último dia de aula daquele semestre, o Mariano estava encostado na barraca de pipoca e crepes que ficava sempre estacionada do outro lado da rua do curso, eu como sempre de longe vendo ele cumprir sua rotina de dividir o saco de pipocas recém-comprado entre dois copos de plástico, jogar melaço em forma de estrela em cada um deles, um triângulo para a direita, um triângulo para a esquerda, daí ele apoia o cotovelo no balcão, cruza uma panturrilha em frente à outra e volta-se para ver os passantes enquanto come.

Ele era esse continuum de rituais hipnotizantes.

Não eram apenas os seus olhos ou o sorriso ou o jeito de coçar a nuca, havia uma virilidade em sua rotina única, suas manias repetidas religiosamente, seu lugar cativo na sala de aula, o ato de apoiar a perna esquerda na cadeira da frente e deitar o peito no braço da carteira, os seus ombros, não os ombros, mas o modo com se torciam dominantes sobre a superfície da madeira, de repente o ar me faltava como se ali deitado embaixo daquele braço estivesse o meu peito, como se fosse o meu seio e não o papel a lhe roçar no pulso e a receber-lhe a tinta,

Lara, acorda, o professor.

Virei pra frente e li as linhas em italiano no projetor.

Guria, você não para de encarar aquele cara esquisito,
Me deixa, Beca.

Beca fez uma careta, deu uma olhada para o Mariano, outra olhada para mim, deu de ombros e voltou ao professor.

Enfiei com tudo as fuças no livro para não encarar a Beca, porque no fundo eu sentia, sim, como se Mariano fosse esse livro que eu obcequei em decifrar, uma fechadura para a qual apenas eu teria a chave, suas camisetas, seu corte de cabelo, as pulseirinhas de contas ao lado do relógio, tudo que deitava sobre Mariano poderia ter sido escolhido por mim, se fosse a minha função escolher.

Mariano parecia um mistério para muita gente, imerso naquele acervo de ritos estranhos, mas para mim ele era só um conjunto de escolhas perfeitas demais empilhadas no sexo oposto. No fundo, eu só estava ali para encontrar o erro.

Nunca conversamos.

Desde que vi Mariano pela primeira vez, a ideia dele virou uma constante, um tubarão rondando a minha pequena ilhota, o espectro dele rodando em mim feito um looping eterno, a tela travada na cara dele, amigos em comum cujas histórias com ele, sem motivo aparente, decidiam me contar. Casos bacanas, Mariano sempre diferente, excêntrico. Tinha aquelas manias.

Eu sempre tinha um desaforo pronto para essas horas, uma crise de ciúme ou um comentário desagradado, a vontade de permanecer no assunto disfarçada de pouco caso, porque dentro de mim Mariano era uma piscina na qual eu me preparava para submergir, ele líquido tentando entrar no meu corpo por osmose, eu ainda flutuando em sua superfície, quieta, deixando a pele aquietar-se entorpecida pela sua densidade.

Era uma ideia-vórtice espiralando na minha cachola. A lembrança do sorriso dele pontuando todas as minhas frases.

XXXV

[presto agitato]

O risco não é um inimigo, anotado.

Várias possibilidades, tantas perspectivas.

Duas palavras tão diferentes se cruzando o tempo todo feito o crochê de notas de um fado, a água que escorre pedra abaixo, invencível, se angula, abre na terra caminhos e perde sua potência, a cada escolha o fluxo do líquido seguindo mais receoso, se bifurcando em galhos mais finos e mais finos, mais frágeis. Uso o fluxo com moderação porque água não sabe voltar seu curso, ela vai, foi.

Segue batendo nas rochas obstáculos até rompê-las, vórtice, abre túneis no chão, girando e girando na mesma superfície, hélice, puro tempo e persistência, tempo e persistência, descendo, tempo e persistência, afundando, tempo e persistência, rasgando a estrada, mas como seguir o plano o curso o fluxo se a cada volta a água não é mais a mesma a terra não é mais a mesma os caminhos não são mais os mesmos e evito desviar o curso mas o terreno é sempre incerto e não há como nivelar.

Quem sabe qual é a utilidade dessa sequência de nós que somos obrigados a desfazer no fio que marca o caminho, decisões aleatórias que vamos sendo arrastados a tomar?

Entre uma certeza e outra, ficam essas frestas, essas possibilidades nas perspectivas.

O risco não é meu inimigo. Não é meu amigo, também. Não me conduz pela mão. Só me atira o vazio na cara.

XXXVI

[tempo rubato]

Agora vejo minha melhor amiga, minha sócia, minha metade criativa, criando novas receitas de papinhas orgânicas como se servisse *coq au vin* e, bem, não sei como terminar essa frase.

Beca e eu nos conhecemos em uma gargalhada. Estávamos as duas aguardando a coordenadora sentadas em um banco no corredor, ela descabelada vestindo um quimono de judô, eu brigando com as partituras de algum instrumento que a minha mãe sonhou que eu poderia tocar bem, a coordenadora atendendo um aluno mais velho que, com uma bolsa de gelo no olho esquerdo, chorava convulsivamente, fazendo sons meio ridículos, eu segurava o riso com dificuldade, disfarçando enquanto empilhava as folhas sobre o caderno, a Beca tentava ajustar o cinto da roupa, de repente a porta se abriu e ambas olhamos na direção deles exatamente quando uma gosma verde escorreu pela narina do rapaz. As minhas partituras desabaram no chão com o susto, e antes que eu pensasse em recolhê-las, a menina ao meu lado urrava e se debatia na gargalhada mais espalhafatosa que eu já vi, um estrondo tão debochado que demorei alguns minutos para conseguir rir junto.

É um pouco a minha mãe, minha irmã, o pé na porta dos meus devaneios, a descompressão dos meus humores, a mediadora dos meus conflitos. Sempre cuidou da minha mãe quando eu não conseguia mais, ignorando o meu pai com o ar blasé-simpático só seu, até que ele, abismado com a desfaçatez distraída daquela garota indiferente às suas caras feias, passou a dar de ombros à presença dela e virar-lhe as costas.

Não me zango com a Beca, sou feliz com a Beca feliz, suja de papinha e feliz. Está tudo bem. Mas sinto saudade da Beca berrando a Beca rindo a Beca tomando-me a faca para picar os tomates do jeito certo não que seja o jeito certo é só o jeito certo dela. Sinto falta da Beca orbitando em torno de mim, como se sua presença por tanto tempo ali tivesse alterado para sempre o equilíbrio gravitacional do meu planeta. A saudade maior, a saudade que rasga e machuca, é da Lara com a Beca. Da Lara com possibilidades, da Lara cheia de perspectivas.

Me sinto aquele magret de pato parado sobre a mesa à espera do sal.

Me sinto a cozinheira com o sal diante do magret sem a medida exata da quantidade a ser posta.

Para além das postas e cortes de carne, eu não sei quem a Lara é, eu dancei a canção das possibilidades e não vi outras perspectivas como a Beca no final fez, para mim era tudo claro e não podia dar errado, se eu seguisse o fluxo, se eu pisasse em terreno firme e apenas nele, nada poderia dar errado.

O risco não é meu inimigo. Mas não temos a menor intimidade. Não sei onde mora, não conheço seu segundo nome.

Vou precisar que ele me encontre.

XXXVII

[25°25'14.8"S, 49°16'10.0"W]

Foi em uma noite de um dia de trabalho cheio de muitas reuniões, eu toquei para a Cândido para um food truck novo que começou a estacionar por ali, eu precisava de um hambúrguer antes de ir para casa, mas parecia impossível pedir qualquer coisa com aquele mar de gente na frente do container, todos berrando com os braços pro alto.

Me enfiei de qualquer jeito no que parecia uma fila, mas que talvez fosse só um amontoado meio enviesado de pessoas, e fui tentando encostar no balcão.

Equilibrei o corpo nas pontinhas dos dedos do pé, estiquei o braço inteiro sobre uma cabeça, balançando uma nota de cinquenta no ar, deu certo, número trinta e um, eu gritei, a moça no truck fez um sinal afirmativo, eu sorri exibindo inclusive os sisos, incontida que eu estava de orgulho da minha própria esperteza. Fui descendo os calcanhares e também os meus braços, tentando colocá-los de volta ao lado do corpo, mas sem encontrar uma fresta sequer entre os meus ombros e os ombros da multidão em volta de mim que me permitisse descer os cotovelos e devolver os braços à sua posição de descanso, eles perdidos como eu inteira, o meu olhar ali ocioso também não sabendo bem onde aterrissar. Vadiou, então, tímido, e deu com outras duas órbitas semi-abertas, bem na sua frente, dois globos oculares visíveis quase que somente por duas fendas risonhas, apontadas na minha direção, era o olhar dele, Mariano.

Esse hambúrguer deveria ser meu.

Ouvi, em uma voz que parecia incapaz de ecoar, tal era a gravidade do seu timbre, então era assim a voz dele.

Desculpa, o meu dinheiro estava ansioso, não consegui
segurá-lo,

Eu ainda estava com os sisos à mostra, porque ainda não tinha dado conta de abafar o orgulho de mim mesma.

mas eu posso pedir para você também,

e mostrei a ele a minha mão vazia esperando pelo dinheiro. Ele deitou ali na minha palma duas notas de vinte.

Dezenove.
Oi?
O meu lanche, quero um número dezenove.
Certo.

Os dedos dele arderam ao bater na palma da minha mão e os meus sisos se esconderam na hora assustados. Mariano exalava uma majestade de cavaleiro em busca do Graal, portador das respostas, do ideal. Uma capa de solenidade e potência, dessas que puxa de dentro da gente o cachorrinho medroso enfiado na lareira vazia em dia com trovão, a vontade de se abrigar ali de todos os perigos, sob a qual eu estaria protegida e à parte de todo risco. O fim. A fita da chegada.

Após o toque dos dedos dele na minha mão aberta o meu corpo já não se esticou da mesma forma, o peito, antes solto e flexível, estava contido e ardido de vontades, aquela presença me amolecendo os braços. Por pena, talvez, a atendente recolheu as notas de dinheiro e registrou o quase sussurrado dezenove.

Ele ficou ali mudo, solene, e eu não conseguia falar nada.

É o seu, ouvi dele, saindo do meu transe. Eu disse tchau, catei a sacola de papel oferecida pela moça do balcão e corri para o carro e para longe antes que o meu peito, a minha voz e todos os músculos ainda funcionais do meu corpo se desfizessem, o sangue petrificasse e as minhas pálpebras fechassem de vez, incapazes de flutuar na piscina quando Mariano, líquido, já deslizava pelas minhas veias, fincando a sua bandeira em mim por dentro.

Sequer consegui comer o trinta e um naquela noite.

XXXVIII

[6°06'07.6"S, 105°25'22.8"E]

Nada é tão enraizado que não esteja em vias de transformação. Mesmo a estrutura mais assente tem as suas perturbações.

Na concorrência entre os seres e estares, mesmo os sólidos se engalfinham. Acalmam-se, colidem de novo, dançam numa desarmonia disfarçada de diplomacia, uma falsa harmonia que só aparenta, só aparenta consistência.

Em tudo se vê o rastilho da insurreição, toda coisa ou criatura ali empurra ou é empurrada, no balanço ancestral da ação e reação, tudo sacoleja enfiado neste saco gigante aguardando a mão entrar para o sorteio.

Então acontece de, num súbito, uma das forças crescer e se agigantar, dissonando na sinfonia encomendada. Como tímpanos imaculando um solo de violino, a vaga do gesto desencaixado rompe a mudez da discórdia e berra quente pelas frestas desses tijolos enormes, placas que se roçam, se atritam mas nunca se aglutinam em definitivo. Erupção.

O vórtice borbulha correndo feito um rio fervente a sua bocarra aberta a sua língua desenramada e venenosa trançando-se nos eventos à vista corroendo túneis buscando uma saída fluxo de pura fúria pura contenção cansada de paredes desesperada por espaço empurrando as pedras escavando o solo a fuga escorrendo cáustica rasgando a carne a crosta cuspindo-se ao ar livre à vista exposta inteira imensa rubra.

Rompe a abertura feito aríete feito coice e ruge ao ar feito mãe diante do filho na iminência da morte produz todo o som que a dor entende capaz e apaga os outros sons ao redor como se sendo todo som possível dissipasse toadas menores como se apenas sendo enquanto barulho sugasse para si cada tinido voz cada sopro audível e ao se espalhar e penetrar as orelhas e espocá-las o som de tão imenso se tornasse puro silêncio como o centro do vórtice calmo ou a miragem da água na areia do deserto.

A pele rasgada em febre tremeleia vibra por medo por gozo possuída já não mais tenciona-se não mais acoberta retém a força que conhece de ouvir falar de sentir pulsar-lhe por dentro como um lufado distante como os primeiros acenos do feto no ventre da mãe que sempre se pensa ter sido uma impressão até que um dia ele arrebenta o invólucro onde dormia e escorre-lhe sexo afora para a vida.

A superfície se reveste do seu próprio conteúdo, sua medula, sua carne ancestral, mãe, pai, expelida de dentro para fora como as lágrimas que transbordam dos olhos sem aviso e turvam a visão, feito armadura que se amolda ao corpo e enrijece o couro.

A poeira que dança pelo ar após o estrondo penetra nas narinas e se assenta lentamente na paisagem, escondendo toda luz, pairando no breu, branca, gelada como a morte que chove sobre os corpos aplainados pela lava quente que já se aquieta depois da golfada, o soluço coxeando depois do choro do menino pelo ardido do remédio no joelho ralado.

Primeiro não se ouve som não se vê luz não se respira ar tudo é morte e silêncio tudo é fadiga e afogamento tudo é escuridão, mas vai o sangue arrefecendo, o movimento se estancando, a rocha silente se solidificando e então por uma fresta há luz, e num sopro um tom de cor, e tudo outra vez se firma, e, rocha, se deita, e recomeça.

XXXIX

[preludio a ciclo continuo]

Então, o sonho foi assim. Eu estava em uma garagem, estacionava em uma garagem. Como se fosse a garagem de um supermercado, sabe? Vagas separadinhas, com linha amarela e tal. Parava o carro, entrava no elevador e subia.

No alto, havia um mercado imenso. Muitas, muitas sessões. Todas as coisas nas prateleiras eram maravilhosas. Eu queria todas elas, sério. Até algumas que eu não sabia bem para o que serviam, como brincos de peixes vivos.

Eu pegava algumas das coisas, mas depois eu as devolvia para a prateleira, não colocava nenhuma delas no carrinho. Todas as coisas pareciam.

Defeituosas. Insuficientes.

Havia muitas outras sessões nesse mercado, e em algumas delas o acesso era proibido.

Sim, eu queria muito ir até lá. Pareciam fantásticas, mas. Acho que alguém me dizia no sonho que haveria problemas ali. Todos os corredores pareciam tão intrigantes. Eu fui me perdendo entre eles, até que não sabia mais como voltar. Eu falei, quero ir embora, falei para um funcionário do supermercado, e ele disse, vou lhe levar até a garagem. Quando chegamos lá, o meu carro havia desaparecido. Eu não tinha como sair daquele lugar.

Eu olhava em volta, perplexa, e a essa altura o funcionário tinha um aspecto diferente, como um marinheiro. Ele dizia, desculpe, senhora, mas não vou estar podendo ajudar a senhora, com esse tom de telemarketing irritante, eu então apontava o meu dedo para o rosto dele, o braço esticado e o dedo para frente, anda!, Me tira daqui!, e ele dizendo, desculpe não poder estar lhe ajudando a sair daqui, senhora, eu ia me irritando mais, perguntava, eu cheguei aqui, não cheguei?, e ele dizia, sim, senhora, chegou, e eu dizia, o meu carro, onde está?, e ele dizia, deve estar aqui, senhora, nada nunca saiu daqui sem o dono, pois se a senhora tem as chaves, eu tinha mesmo as chaves, mas apertava o botão e não ouvia o som do alarme sendo desligado, eu não via nenhum modo de sair daquela garagem. Era só um grande vazio, um grande território de linhas amarelas formando retângulos perfeitos com nenhuma ocupação, não havia nada.

XL

[intermezzo nº 2]

Desculpe. Já devo chegar no ponto em algum ponto.

Desculpe esse raciocínio meio pulverizado. Eu tento seguir a linha reta, tento. Laça puxa ponto fechou, mas quando eu vejo.

Minha mãe, ela gostava muito de crochê, eu gostava muito de assistir. Ela falava assim em voz alta, laça puxa ponto laça puxa ponto fechou. Não sei se ela ainda faz, acho que não faz.

Mas olha, já fugi da passada de novo. Desculpa por essa história um pouco craquelada, cheia de pedacinhos, mas eu garanto que todas as peças se encaixam. Podem não estar sendo montadas do jeito convencional, mas vão estar todas juntas quando eu terminar, se bem.

Talvez uma parte ou outra tenha se perdido. Quando um corpo se esfacela, você sabe.

Uns pedaços não se recuperam mais.

XLI

[molto expressivo]

Eu não sei amar pouco, é como se minhas emoções fossem todas amarradinhas, o choro, o medo, o desejo, o carinho, o encanto, a corda que puxa a primeira leva todo o resto e fico assim, eufórica e apavorada, querendo fugir ou mergulhar com tudo. Normalmente fugir.

Mas também mergulho. Mergulho, tomo caldos, sou arrastada pela correnteza, sou cuspida de volta para a areia. Corpo quase sempre entregue.

Algo mudou há uns anos. Foi como se o sentimento de sobrevivência em fusão explodisse pela minha boca, vermelho, escorresse pela superfície da minha pele e, em contato com o ar, arrefecesse e se solidificasse.

Não foi em um momento, foi acontecendo, eu achei que estava amadurecendo, entrando em um lugar mais seguro sobre mim mesma, que finalmente, depois de tanto tempo convivendo com Curitiba e seus corações contidos, eu tinha encontrado meu eu local, minha sisudez construída, quando passamos a vida sendo seres de coração entregue a prudência acaba sendo confortante, o mar sempre espelhado à nossa frente traz possibilidades que não nos alcançavam antes e é possível estar até com quem não se ama, é possível também amar sem pavor.

Mas essa rocha, essa crosta sólida sobre a minha pele, quente no inverno, capaz de estabilizar os meus afetos sempre oscilantes e manter a temperatura dos vínculos agradável, começou a pesar no peito, começou a corroer por dentro, parei de dar conta de respirar, de me mover, de alcançar o que me vai por dentro, de ouvir o que me vai por dentro, a minha batida, não me acesso mais.

Amar e sobreviver. Em algum ponto foi como se em mim um não fosse mais possível com o outro, o amor desejando morrer e morrer muitas vezes, retalhar-se inteiro, enquanto a sobrevivência, com sua agulha incansável, ziguezagueava a linha atando as partes separadas de mim, tecido elástico de costura difícil, pede a delicadeza de não forçá-lo enquanto a linha trabalha.

Como toda relação cheia de ônus e com poucos bônus, a sobrevivência deu ao amor um ultimato. Não há linha que chegue para tantos rasgos, vamos com mais calma, não suporto mais essa relação, mas é como eu disse.

Não sei muito bem como amar pouco.

Fico com essa estrutura cheia de mossas, esse emaranhado de retalhos nas mãos e nenhuma linha, um bagaço enovelado de serpentinas no chão nas últimas horas do carnaval que a nada mais serve salvo à vassoura.

Nossa, deixa eu pensar. Sim, antes do Mariano.

Não tenho ideia de como ele se encaixa nisso tudo.

XLII

[25°25’17.3”S, 49°19’32.1”W]

A segunda vez que eu e o Mariano nos falamos foi na festa do Acácio.

Lara, até que enfim.

Ele abriu a minha mão com a sua mão direita e depositou dez reais ali com a esquerda, eu fiquei apatetada com o braço estendido e aquela nota ali flutuando, você abandonou o seu troco no food truck, guria, ele disse, daí a atendente me entregou, cuidei dele todos esses meses em um cantinho especial da minha carteira.

Guardei a nota no bolso meio sem pensar e sorri aguado, tentando disfarçar a palermice,

Então, é você o Mariano, a pessoa favorita das minhas pessoas.

Bem, devem ser pessoas bem estranhas essas suas pessoas.

Ele riu como se qualquer coisa que eu dissesse fosse suficiente, eu sentia a energia contida me preenchendo a cabeça me zumbindo nos ouvidos aquecendo na pele turvando os olhos secando a saliva girando no peito feito motor de foguete que espera a contagem para trás para disparar. Daí para a frente fomos só bebendo e tagarelando, perdidos em um debate desplanejado onde cada informação aleatória que me vinha à mente dialogava com algo que já tinha visitado a sua cabeça, ou despertava nele um fluxo de novas ideias que me eram igualmente interessantes,

Eu digo isso sempre, na virada se percebe a mudança.
A batera é outra desde que ele saiu.

Íamos assim, ininteligíveis para almas regulares. Os poucos amigos que se aproximavam acabavam por se afastar, ora rindo, ora girando as cabeças desistentes.

Eu estava lá envolvida como um emaranhado de fios cheio de pontas soltas impossíveis de puxar, sequer sabendo mais qual delas marcava o início, qual delas marcava o fim, eu já há tantos meses criatura cheia de buracos, vendo o vento passar por mim sem me empurrar, por aquelas horas em que estive entregue ao diálogo com o Mariano eu senti um pouco como se não me importasse. Novelo desfeito, incompetente para encontrar caminhos, um brinquedo que o gato da família destruiu, desesperada por um amor capaz de erguer as pedras, penetrar os túneis e achar a saída, mas ali trocando aleatoriedades eu fazia sentido, havia chão e havia paredes e eu sentia que uma luz se acenderia para me indicar o caminho.

A festa aconteceu sem que estivéssemos lá, entretidos que ficamos com nós mesmos, aprisionados em um cosmo particular, um modo de existir só pelos dois compartilhado. Ríamos como animais sentados na rampa da arca durante o resgate, pensando que talvez subíssemos, talvez não, nem um pouco preocupados em salvar a própria espécie.

Já passava das quatro da manhã quando o Acácio tocou no meu ombro, se eu poderia ajudá-lo a recolher o lixo.

Olhei para o Mariano e sorri, aquele pedido era o meu gongo. Eu preciso ir.

Eu posso ajudar também, cara.

O dia já começava a nascer quando descemos nós três as escadas com os sacos de lixo para as lixeiras do lado de fora do prédio, os cabelos do Mariano fazendo um topete estranho de tanto serem puxados para cima. Fomos esbarrantes, nossos olhares toteando e se cruzando no ar, dando uma ou outra cabeçada, um ou outro sorriso comparecendo mesmo sem convite pra festa, ambos tentando não se exceder em muitas felicidades antes do tempo. Comemos com o Acácio os restos de nachos com cheddar na cozinha antes de descermos juntos até a portaria.

Paramos os dois lado a lado na calçada defronte ao edifício, com os braços vazios arriados, ambos parecendo esperar algum prognóstico visível. O que fazer.

Acho que não quero ir para casa agora. Quer fazer alguma coisa?

XLIII

[moderato com brio]

É como se, ao fechar as portas do restaurante depois da saída da Beca, outras coisas tenham também se trancado em mim. Claro, ainda tenho outros projetos, mas o restaurante era a minha valsa, aquele momento do baile em que se interrompe toda a música no salão, algumas poucas pessoas seguem conversando em murmurinhos que vão diminuindo até que as suas vozes viram só sussurros e por fim, o silêncio, então o violino e o piano começam a tocar, fascinante assim era pra mim acordar cedo para organizar os ingredientes, receber os fornecedores, escolher as panelas, provar os molhos. A Beca me tomando as facas, eu pegando elas de volta, a beleza do fogo flambando a carne na panela, o barulho do metal contra o metal aqui e ali, as vozes e os talheres lá fora sendo e não sendo abafados pelo fechar e abrir das portas da cozinha.

Acordo e estou em casa segurando esse plugue de tomada no ar sem um encaixe, como se um e outro tivessem padrões diferentes e eu não achasse um adaptador, claro que ainda há muitas coisas que eu poderia fazer e farei, mas aquele restaurante era o violino dominando meus sentidos, *poco a poco crescendo*, como encaixar a última peça faltante do quebra-cabeça todos os dias.

O que sinto sem o restaurante é cansaço.

Falta coragem para sair de vez da superfície e fincar os pés com força no núcleo, sem medo do fogo, da lava, sem medo de me queimar, largar o paraquedas de emergência para trás, esquecer-me dessas certezas que nunca produzi sobre as quais nunca refleti, mas que aderiram à minha pele e deixei, arriscar para buscar em algum lugar o som que embota os sentidos, a resposta sobre onde se pluga a tomada.

Sinto medo de que, arrancando as certezas, elas carregarão com a própria pele dela parte da minha pele. Medo de ficar nua e sangrando à vista.

Em qualquer circunstância, você sabe, é preciso conservar alguma couraça.

XLIV

[prestissimo molto staccato]

Escadas abaixo e escuridão abaixo e nem uma lanterna e nem uma vela à vista nas minhas mãos apenas aquele novelo de lã sigo e sigo abaixo escorrego deslizo nas pedras no musgo no fungo na vala escuridão abaixo sigo aquele novelo de lã o frio chega o frio cresce abaixo esfrio abaixo me escondo abaixo desço afundo o ar sumindo e eu arfando abaixo o sangue esfria e eu tremendo abaixo até não mais conseguir cair paro

Estendo a mão na frente nada ao lado nada viro e atrás nada e piso em frente com cuidado tem chão ando um pouco em frente uma mão estendida a outra segurando o novelo de lã ando em frente e nada ando e tijolos nas pontas dos dedos à frente tijolos velhos se desfazendo úmidos fungo frio à frente eu arfando encosto na parede à frente e penso basta seguir ao lado da parede em frente se apoiar e seguir em frente todo o tempo sem sol à vista sem horizonte à vista apenas musgo fungo e escuridão e frio sigo em frente aquele segredo feito fluxo sangrando veia adentro em frente feito minhoca buscando alimento feito alimento cloaca abaixo adentro o passo à frente ao passo esbarrando nos escombros uma mão desliza no tijolo frio a outra mão no novelo de lã não desisto em frente eu penso que basta seguir a parede uma parede não qualquer parede não outra parede a mesma parede deslizo a mão na pedra nos tijolos nas reentrâncias frias se desmantelando sujando os meus dedos gelado úmido e penso

A saída nunca chega e o ar já me falta insuficiente as paredes dançam para direita para a esquerda eu acompanho uma mão nos tijolos a outra já apertando o novelo de lã vermelho sangue frio sigo o fluxo sigo capilarizando cavando a fuga fuga é escoamento é liberdade é caminho sigo feito sangue buscando alimento sigo dançando as mãos nas reentrâncias das paredes sentindo-a se desmantelar em pequenas migalhas talvez ouro talvez pedra talvez uma mina talvez tenha algum valor aqui mas não há luz não há vela à vista não há lanterna na escuridão não há tesouro amor não há virtude aqui tudo apenas uma catacumba nada à vista sigo esquerda direita escavo com os dedos a pedra o tijolo velho se desfazendo esfacela desexiste úmido tantos caminhos tantas portas sigo a parede sigo

Puxo puxo o ar nada só o cheiro de pedra e a água que flutua ali úmida queimando as narinas e o olhos pura escuridão nem uma ideia à vista nem saída à frente aliso a parede para a esquerda para a direita em súplica na outra mão o novelo de lã a chave mas a ponta ninguém segurou a ponta ninguém à vista apenas as paredes que não me levam para a saída segura essa couraça que sustenta que não deixa a terra descer que sustenta as linhas de pressão a terra que quer achar o segredo a terra que quer parar a fuga a terra que quer entrar nas catacumbas e ser livre e desfazer as couraças e a tensão e a pressão e o mundo à vista a minha mão na parede buscando a saída não há ar à vista e a chave do tesouro ninguém segurou a ponta do meu novelo de lã eu não amarrei a ponta do novelo de lã

XLV

[intermezzo nº 3]

Sabe aquela mania que acho que quase todo mundo tem de rabiscar um papel enquanto conversa ao telefone? Algumas pessoas fazem espirais, outras escrevem o próprio nome muitas vezes. O meu pai, escrevia o próprio nome muitas vezes. Foi assim que consegui material suficiente para aprimorar as assinaturas de boletim. Não era uma má aluna, só não queria lhe dar o prazer de assinar embaixo do texto do meu esforço pessoal.

Pois eu, durante muito tempo, desenhei tumultos. É difícil explicar o que eram os tumultos, porque eles variavam. Eu chamava assim, tumultos. Podiam, por exemplo, estar em uma grade quadriculada, como dentes, sabe? Então eu plantava quadrados faltando, cores erradas, linhas fora do contexto, pequenos cânceres, coisas assim. Quando o tumulto estava pronto, eu usava a agulha de crochê da mamãe, fita adesiva, uns pedacinhos extras de papel, essas coisas de escritório, usava para consertar o tumulto. Não sei bem como eu descobri que é possível fazer sumir o traço de caneta deitando a fita adesiva sobre o papel e puxando ela bem devagar, a tinta sai na fita com a parte superficial do papel e deixa ele branco de novo. Fica um pouco danificado, mas limpo. Às vezes não dava, nesse caso eu usava os traços tumultuados para criar novas ordens sobre o desenho, reconstruía a história do tumulto, então agora não são mais dentes, passou a ser um muro de tijolos. Assim.

A agulha eu usava para extirpar os riscos indesejados da estrutura, cavava o papel, mesmo, e com novos pedacinhos rasgados e fita adesiva eu criava curativos para os buracos.

O tumulto se tornava algo, um desenho organizado, sem falhas de caráter.

XLVI

[25°25'40.2"S, 49°16'45.7"W]

Fixei o olhar nos olhos dele quase escondidos entre as pálpebras com aquela hipótese de íris se mostrando ou se escondendo estalando um pipoco mudo como aquela pressão no avião que ensurdece a gente e eu lá embobecida refletida de ponta-cabeça naquela superfície acinzentada encurralada por linhas finíssimas cor de mel e ali dentro eu tão feia tão distorcida sem-graça queria sair mas tinha receio de me espetar em uma daquelas hastes diretamente apontadas para a minha cabeça

O lado esquerdo do sorriso dele se ergueu e então o lábio superior se sobrepôs ligeiramente ao inferior úmidos ambos escorregando um para dentro do outro um para fora do outro e se separam como a janela do quarto que se escancara às sete da manhã para acordar a gente quando a gente é criança aquele jorro de luz inteiro na minha cara e até vi ali pela janelinha da íris que a minha própria boca entreabriu agora como por deus faço para desfazer essa cara empastelada

O dedo médio escorregou tímido pela hélice da sua orelha direita até o lóbulo enquanto o indicador recolhia um suposto cabelo rebelde que na verdade não estava ali e nunca esteve ali e eu projetava naquele dedo dele a minha boca e foi nesse momento que eu quase me movi ali na cela de espetos e apaguei-me no cinza para todo o sempre

A voz dele me perguntou algo e eu respondi outro algo e devo ter dito um algo bom porque o sorriso dele se abriu inteiro tão completamente que fui capaz de entrever-lhe a língua o que me provocou arrepios de travesseiro meu deus como é difícil permanecer alerta com a cabeça dele indo e vindo na gargalhada esse som essa cantiga medieval grave penetrante

Foi aí que a íris dele se jogou toda para fora da janela abriu ambas as abas e se revelou me revelou e eu tinha certeza de que era a deixa era o chamado e eu podia saltar sem arranhões estava liberta e não presa era vida e não morte era algo resfriado e aquentado mas nunca nunca belicoso

O meu toque decidiu começar pelas sobrancelhas o que logo não me pareceu lógico mas era gostoso deslizar o meu polegar naqueles pelos e sentir-lhe os cílios roçando a palma da minha mão a íris dele se recolhendo vestindo-se toda de pálpebra encorajando os lábios a se afastarem chamando o meu polegar também para si ao que meu polegar atende de pronto e ainda leva consigo no gesto o indicador o médio e o anelar que seguem vagueando dos lábios ao queixo e rumo à nuca deixando-se ficar o polegar ali pelo lóbulo da orelha enquanto os outros carregam até o meu rosto inquieto o pescoço dele

Um estremecimento envolveu-me a partir daquela boca colada na minha como uma pele feita de ímã chama a carcaça metálica que dela se aproxima e sumiram sons ideias e só havia íris hélice só havia o ímã e o metal e eu aparafusando-me no travesseiro da sua boca eu erguendo a língua para pontilhar-lhe o teto de carícias eu contorcendo-me toda na umidade quente daquela cavidade por dentro pra dentro pelo lóbulo pela hélice pescoço afora e ele derrubando aquela minha fina tira de tecido chamada alça do vestido

Eu deslizando com as mãos o tecido da camisa dele para fora da calça e ele desencontrado com o zíper do meu vestido e as minhas mãos unindo para desunir as duas pontas do cós da calça dele e pelo zíper abaixo e por dois ou mil segundos não houve sangue suficiente para me permitir mover-me mais do que ao polegar e ao indicador enquanto ele escorrega meu zíper ladeira abaixo até a última curva antes do cóccix e freia

Puxei sozinha pela cabeça o vestido e ele jogou-se ímã sobre o meu metal minha cota de malha e agarrou-me o quadril com o antebraço esquerdo e me ergueu e o encontrei e os lábios dele e os dentes dele e a língua dele dançaram sobre a minha orelha a hélice o lóbulo e minha fossa triangular e com a mão direita ajudou a calça a escorregar-lhe pelas pernas e os pés pisaram-na por dentro até que pisoteada a roupa se rendesse ao chão

Deitamo-nos sobrepostos naquela cama box de dez prestações sem cabeceira e ele dissimulou beijos em toda a minha superfície a respiração sobrevoando a minha pele chateando-me o campo magnético que chamava procurava atirava-se repuxava-me o corpo envergando-o para o alto empurrando-me os ombros contra a cama projetando-me o peito para o alto a mão imanada dele agarrando-se ao metal distraído do meu corpo e eu entregue o pênis dele os lábios a língua a minha bunda as pontas dos dedos os ossos o ar quente assoprado pela boca gritos murmura murmura muitos suspiros os dentes os dedos se enterrando o campo magnético a força a magnitude daquele queixo na minha boca meu seio enterrado naquele peito eu erguendo-me orvalhando pontilhando-lhe o tórax aquele ímã rasgando-me a cota de malha a armadura e exposta entregue sempre nunca esses dentes amassando-me o lábio inferior entrego-lhe o polegar que bebe que suga absorve e as mãos que agarram-me os seios e a boca justapondo-se amoldando-se engatando-se estalando como aquela pressão no avião que ensurdece a gente acossada de ponta-cabeça naquela superfície orvalhada não sai fica aqui

Assim

XLVII

[intermezzo nº 4]

Em se tratando do funcionamento das sementes, seres humanos são crianças sentadas diante do mágico no picadeiro. Sua lógica e capacidade de renovação surpreende o mais sábio dos homens, como se elas não estivessem já dançando nos ventos desde muito antes que o primeiro mamífero aspirasse uma lufada de ar.

O seu invólucro, tamanho, sabor, textura, tudo na sua construção têm uma razão de ser, planos minuciosos desenhados pela natureza para garantir a sobrevivência das espécies e a sua germinação. Sementes ardidas, sementes duras, sementes envoltas em frutos ocos capazes de serem arrastados pela correnteza e flutuar do Pacífico até o Atlântico, se desgarrarem de seus caules-mãe e se atirarem na areia da praia, indo e vindo nas ondas até serem tomados por elas de vez, persistentes, o fluxo das águas conduzindo o fruto ao alto-mar, buscando para ele um novo caminho, ele secando e se escurecendo ao sol, ele paciente, tentando avistar os novos cenários, tudo no entorno água e espera, o mar roçando a sua superfície, tentando a ele se misturar, mar dissimulado com suas camadas e camadas de verde e azul que são todas na verdade pura transparência. No mar, o fruto vai perdendo parte da sua casca, mas não lhe importa, desde que o seu interior resista, o que importa em si, afinal, está dentro.

As curiosas sementes do ipê-amarelo, árvore muito comum no sul do Brasil que costuma florescer durante o inverno, brotam nos galhos protegidas por grandes vagens de 30 a 35 cm de comprimento, em média. Esse fruto, ao fim da sua maturação na primavera, se abre ainda preso aos galhos da árvore para facilitar a dispersão das sementes, elas com a aparência de grãos amarelados envoltos em pequenas asas. Ao bater do vento nas vagens do ipê-amarelo, as sementes se desprendem e flutuam em voo livre, o ar passando-lhes por cima e por baixo das asas, vão seguindo no fluxo do vento e das correntes até planarem e aterrissarem em um local seguro para abrir as suas raízes.

As plantas sabem da necessidade de produzir sementes capazes de se expandir no mundo pela sobrevivência da espécie, viajar para longe dos galhos que antes as sustentavam, porque a terra abaixo delas não pode ser pouca já que é preciso, e uma planta sabe, chupar da terra toda nutrição que houver, e bem por isso, ainda que algumas espécies sejam capazes de compartilhar pequenos terrenos e se escorar mutuamente e formarem juntas uma bela composição, as raízes sempre precisarão de um certo espaço para respirar e abrir-se como cabelos numa ventania, dando aos seus troncos a sustentação vital para permanecer.

XLVIII

[25°25'05.7"S, 49°15'17.1"W]

Um navio. Não acredito que você tem esse brinquedo assim na prateleira do seu quarto, Bom, é um Lego, não é bem brinquedo, Não sei se a Lego concorda com você, mas acho que você podia ter guardado os bonequinhos dentro do navio também, né, coisa sem graça um barco vazio, Ah, ele sempre foi assim, barco-fantasma, veio já na caixa sem tripulação, Ahn?, Sério, o dono da loja não acreditou que não havia bonecos dentro da caixa quando eu abri, dizia ao meu pai, seu filho deve ter escondido eles, senhor, sabe como criança é, meu pai enlouquecido me defendendo, eu estava lá quando ele abriu, o senhor acha o quê, que eu ajudei a esconder?, eu começando a chorar, e no final ficou por isso mesmo, eu no Natal com esse barco pelado, ficou jogado pela casa, sem que ninguém se livrasse dele, a evidência da desonestidade do dono da loja, de verdade eu nunca brinquei com ele, ficou assim, parado na estante desde então.

Cara, porque então você guarda isso até hoje?, Não sei bem, olho para ele e lembro da sensação, abrir a caixa cheio de expectativas e não encontrar o que esperava, ficar ali meio incompleto, bem no dia de Natal, criança, com um brinquedo defeituoso, olhar pra ele, mesmo hoje, eu sinto, mesmo o melhor brinquedo, a maior, sei lá, embarcação, a mais pronta, sabe, mais sólida. Precisa de vida animada, precisa acrescentar, ser mais, como na vida, sabe? A vida é isso, esses espaços vazios que precisamos ir preenchendo, e preencher esses espaços, bem, é a meta.

Eu, semivestida, olhando bem de frente para o Mariano e para além do Mariano, rímel borrado sob os olhos, ele parecendo aguardar um sinal de ter sido compreendido com o seu barco cru, eu, planta, fotossintetizando os elementos no meu exterior para respirar, tentando me entender por dentro.

Um barco.

Eu pensando como o barco do Mariano podia ser o avesso dos meus piratas alinhados numa prateleira, sem mar, sem ondas, eles sem navio.

Por outro lado.

Em mim, a Jacquotte, mesmo a sua tripulação tão heterogênea, nunca foram bem esperas. Essa perspectiva, eu fiquei parada meio ponteiro de bússola que esquece o norte tentando compreender. Claro, algo na coleção desordenada exalava, sim, falta. Mas eu buscava esse dia, ou mais, eu acreditava nesse dia em que o círculo se fecharia?

Eu olhava para o Mariano e olhava para o barco incompleto do Mariano, o meu ponteiro tentando entender e eu lembrando do dia em que entrei pela primeira vez no barco que me apresentou ao mar, do fluxo de emoções em mim por estar afinal diante de toda aquela água interminável e todo aquele caminho inacabável com o meu olhar ondulando nele, tão permanente, mas tão perene.

Baixei o olhar do barco para o Mariano outra vez e o beijei dessa vez meio circunspecta, meus dedos se vestindo das ondas dos seus cachos, ele tão barco desadornado. Os braços dele contornaram a minha cintura como se se amarrassem no mastro ao sinal de tempestade. Abri os olhos e dei com os olhos dele ocos, baixos feito maré vazante, eu meio mareada, meio maternal, reacomodei para trás uma mecha desalinhada do cabelo dele perdida quase sobre os seus olhos. Mariano nu puxou os meus ombros para dentro dos seus e escondeu o meu rosto no seu peito, eu esqueci um pouco do barco nu, distraída na oscilação do corpo de Mariano em torno do meu, meus músculos esquecidos de contrair-se, minhas mãos abertas deitadas sentindo a espuma de Mariano, eu não sabia mais onde terminava a minha água e onde a água era o Mariano, maré assustada, retraindo-se incompleta, buscando preencher seus espaços, seus porões solitários, seus calabouços, com vida, Mariano era busca, eu era busca e a minha água e a água dele eram esse corpo prostrado afogado enrolado nas algas os cabelos de Iemanjá.

Eu deitei no colo do Mariano, eu fiquei aninhada na concha de Mariano, eu não sei por quanto tempo permaneci no Mariano e ele em mim, ambos brinquedos em campanha, peregrinando juntos pela chegada do labirinto, pela sala enevoada onde estaria o lugar onde se pode dizer que se é mesmo livre.

Abraçadas, nossas buscas se esqueciam de suas faltas, das frestas se rastreando, tentando cicatrizar, mas nunca se aglutinando em definitivo.

Em Mariano eu estive como se fosse preenchida.

talvez o fundo.

XLIX

[intermezzo nº 5]

Você me perguntou, tem o quê, três semanas?, qual dos meus sentidos considero mais importante, qual deles eu preferiria ter aguçado na falta dos demais.

Foi isso.

Mas eu queria trocar.

Aquilo ficou na minha cabeça, desde então tenho pensando bastante nesse enigma, pois as pessoas que amam comer como eu amo, quem ama cozinhar e combinar ingredientes costuma focar no paladar, certo? O paladar é tudo, sem ele, como sei o tanto de sal no prato, o tanto de pimenta?

Sei que parece lógico.

Mas, zanzando pela casa, me dei conta que não vivo sem os cheiros, que a minha mente tempera tudo já desde a colheita na horta, que no nariz o prato já está pronto, perfeito, quando nenhum ingrediente chegou ainda na panela. Mais. Quando coloco eles lá, as quantidades, são só tijolos empilhados, cálculos quase matemáticos, combinações meio racionais de elementos, de uma fórmula que se montou no intelecto. O olfato, aqui, exerce outra função. Ele seleciona os melhores elementos, ele ativa novas adições possíveis, ele guia a jornada.

O paladar fecha o caminho, o paladar é a chegada, ele anuncia a aproximação da raia. O centro do labirinto, depois de superar-se todos os caminhos possíveis, está lá, o paladar recebe, e aprova.

Fechado está o ciclo.

Todos os apetites saciados.

L

[intermezzo nº 6]

Ser planta.

As pessoas subestimam muito a capacidade de permanecer.

Neutra. Ilesa.

Esticar os galhos para fora do corpo centímetro a centímetro, sem pressa, sem grandes pretensões. Surpreender a paisagem ao acordar repleta de frutos, deixá-los atingir seu tempo e cair. E de novo, e de novo, sem pressas. Ser desordenada. Ter raízes capazes de arrebentar vasos. De derrubar muros. De fazer tropeçar senhores distintos nas calçadas.

Ser partida por um raio. Recomeçar. Procriar líquens, musgos, cogumelos.

Fechar suas folhas com o excesso de calor, manter-se viva na adversidade. Coexistir. Entregar alimento.

Ser autossuficiente na sua fotossíntese.

Nuas.

Perenes ou sazonais, elas permanecem.

LI

[25°24'36.8"S, 49°16'04.6"W]

Eu deitei na toalha estendida no parque que fica atrás do Museu do Olho, um pouco afastada dos amigos que ouviam música, era fim de tarde e parecia que ia chover, eu fingi dormir, mas eu só queria me sentir um pouco por dentro, eu ouvi os meus olhos agradecidos pelo descanso, meus ouvidos curtindo o farfalhar das árvores ao alto, o nariz formigando pela proximidade da grama e do pólen, desci pela garganta até o peito onde havia um coração me ignorando, focado no seu trabalho ininterrupto, deslizei pelas veias atrás do sangue que gritava iupis para baixo e para cima, turistando órgão a órgão, eu aproveitei para vistoriar os ambientes, em alguns me desculpei pela bagunça, prometi mais atenção no futuro.

Estávamos juntos já há tantas décadas, eu e esse corpo, eu tantas vezes torcendo-lhe o nariz em desagrado, o que deve ter, inclusive, desagradado também o nariz. Eu, que meti essa estrutura sem carinho em tantas crueldades, subverti essa carne sem pena para caber, para encaixá-la no padrão que não a respeita, eu sinto vergonha, eu peço desculpas, cada pedaço sempre dando o seu melhor enquanto eu esqueço suas pequenas prioridades para focar nessa caixa absurda que não me pertence, onde nem há prazer. Perdão, perdão.

Abro os olhos com calma, pois a luz está forte apesar da promessa de chuva, as nuvens se acumulando acima da árvore, um ipê-amarelo florido que escolhi a dedo, esse ano eles demoraram um pouco para florescer, essa floração que já começa inclusive a se desfazer, caindo pela grama verde e pingando amarelo lá e cá, tanta espera pela cor e ela já se vai, nove meses de espera no ano, olhando para as copas, até que o amarelo desbunda e nós corremos para cá, fazemos selfies e postamos nas nossas timelines, as flores que em algumas semanas já se vão todas ao chão, já encerrando seu ciclo para novos amarelos que também irão em breve ao chão, e todo o amarelo ao chão até a primavera chegar e seus galhos se despedirem completamente da cor, quando esqueceremos os ipês-amarelos por mais nove meses de expectativa.

Meu olhar e meus ouvidos e até meu nariz, mesmo abusado pelo pólen, se compadecem e amam esse ipê, enfiado num ciclo incerto de afetos, o coração inclusive pausando por uma migalha de tempo para suspirar pela árvore. A árvore só sorri, desimportada das idas e vindas das selfies e do amarelo, ela sendo árvore e seiva e galhos e folhas de cinco folículos que mais parecem muitas palmas da mão abertas para o ar, sendo ela todas as fissuras da casca do seu tronco escamado que de vez em quando vira chá curativo, ela sendo raízes que meu olhos nem alcançam, profundas, capazes de se capilarizar abaixo dos nossos pés e estender os seus braços para todos os lados enquanto em cima caminhamos ignorantes, ela sendo o seu fruto, as vagens que em breve brotarão em seus galhos em cachos de dedos verdes, amadurecerá neles e se abrirá neles, revelando a maravilha de suas sementes aladas, capazes de se espalhar sozinhas, donas de seus caminhos, criando novos ipês que nem damos conta de localizar, a árvore conhecendo a força da sua existência inteirinha, a árvore ri da nossa tolice, com nossos celulares deslumbrados pelo amarelo fugaz, ignorantes da beleza da permanência.

Agora meu coração pausa um cadinho mais de tempo porque há muitas vozes em volta rindo da gente corpo, a nuvem gorda e cinza no alto gargalhando com lágrimas, pois mesmo ela, que só se acumulou empurrada pelo vento e já se desfaz em chuva antes foi oceano, foi antes rio, foi poça de água no quintal da casa de uma senhora amargurada de janelas sempre fechadas, foi também calor enquanto condensava, ri dessa menina Lara, tola, de mente embaçada, que só sabe ver a superfície, incapaz de perceber na existência da nuvem todas as camadas e camadas que também lhe pertencem, pois sem elas nuvens não seriam prováveis.

Toco o peito deitado da Lara abaixo da nuvem e da árvore, essa Lara que também foi um dia algo diferente, menina assustada diante de uma avalanche de pedras na qual já havia tanto dessa Lara, quijila, quijila, quijila, e ela mesma ainda estando aqui dentro de mim, a cabeça somando e subtraindo para compreender tudo em volta, aspirando o dia em que seria grande e nenhum dado lhe estaria inalcançável.

A Lara de ontem e a Lara de agora se olham dentro de mim e suspiram, ambas decepcionadas de perceber que nem todo embaraço na linha se desfaz e vão ter de carregar muitos nós consigo pela vida sabe-se até quando, a Lara de antes resignada, a Lara de agora um pouco mais livre, vendo além da floração na selfie, vendo todas as Laras e nenhuma Lara além da Lara que aqui está agora, sem pedras, sem enjeitos, sem tabus, as nuvens já sendo umidade sobre a grama, o ipê soltando seu amarelo, tudo é caminho e nada é mapa, tudo é fluxo que segue chão afora, direita, esquerda, sem retorno, como lava que afasta as placas tectônicas e rompe a terra, queima, soterra, mas ao final se firma e se deita rocha, não há resposta, não há linha de chegada, tudo já estava dentro e nada é tão assente que não se permita alguma perturbação.

LII

[**intermezzo nº** 7]

O que é essa obsessão com ser heroico e único e deixar para as gerações seguintes uma marca indelével da sua existência? Como saberei eu que essa marca ficará? Se hoje eu pinto amarelo e o amarelo é solar e vibrante e deixa as pessoas risonhas, conectando seus espíritos e levando todas elas para um secreto jardim de girassóis, após a minha morte, pode uma onda de vapor amarelo encobrir a vida, trazer dor e purulência, o mundo debaixo do amarelo destrutivo desgraçado transformando toda a minha obra em uma grande ode à dor, um presságio azedo, zombeteiro, de um tempo onde a humanidade sequer sabia quanta dor poderia ainda lhe esperar, do tanto de escárnio que a vida guarda para si.

Me dão esses anos, esses anos para escolher caminhos, rotas, rotas para a felicidade pessoal, também com esse toque de eternidade na própria existência, um mistério para solução posterior, que, resolvido, mostre que eu já sabia, que eu soube primeiro e decifrei segredos do porvir. Então construímos planos, planos de felicidade, com base no que, com base no que dizem que é felicidade, eu cato ali um emprego relevante, dinheiro, posses é preciso. Um nome reconhecível. Temos. Amor. Mas não só amor, o sonho do amor, um olhar perdido em um olhar com um satisfatório encontro físico e certezas, sim, são necessárias muitas certezas, e por fim trataremos de garantir a vida eterna, fazendo da sua obra esse baú enterrado que, aberto pelos descendentes dos descendentes de algum alguém, soprará no vento não a defasagem do passado burro, mas o desconhecido da genialidade.

Como disse, não acontece. Vivemos esses anos e ao final, estamos obsoletos. Apenas isso. Obsoletos, troçados, cacareco. Alguém nos chama de ícone mas é só outro nome para estátua, nosso tempo se foi, *è finito*. Tarde, tarde, tão tarde até que arde. E, coelhos, cavamos e cavamos um buraco atrás do outro, túneis ligados a túneis que no final levam apenas ao final. *Finito*.

Eu sinto que se alguém me dissesse que seria assim, se alguém me dissesse. Eu teria só tentado sorrir mais sem motivos. Uma gargalhada de perder a consciência, muitos banhos de mar gelados, sem medo do caldo. O tempo, que nunca dá tempo, eu daria uma gargalhada de perder a consciência sobre a falta de tempo, eu me ensinaria a pedir mais um tempinho, a perder mais um tempinho, a perder, a engolir o tempo que não gastei com o que, convenhamos, não era tão importante porque no fundo só é importante o que sabe germinar no solo fertilizado por uma gargalhada bem dada.

Eu andei obcecada por um tomate. Isso, tomate. Um vegetal tão acessório, ele faz molho, faz salada, ele é cortado em espirais para decorar, ele é cavado em modo flor. Se faz invólucro para ricota, vai ao forno, vai cru. O tomate pode ser tudo, mas ele não é verdadeiramente uma iguaria. Mas daí tem esse tomate, a quem deram sim status de iguaria, porque no século XVIII o vice-rei do Peru deu ao Rei de Nápoles umas sementes e elas foram plantadas no pé do Vesúvio.

Eis que o tomate, de tomate e apenas, se fez mais tomate que os outros, porque aquela terra coberta de argila vulcânica, um solo um pouquinho mais quente, tem alta quantidade de fósforo e potássio, recebe irrigação de água de nascentes, águas de poços vindas diretamente do lençol freático, e uma brisa marinha também chega até o local, talvez também influenciando no processo. Já chego no ponto.

Tenho certeza que o Rei de Nápoles não pensou, vou fazer desse tomate um ícone, ele só achou que era um bom lugar, um bom lugar para ver o que daria daquelas sementes. Tampouco o vice-rei do Peru pensou, vamos combinar meu fruto com o seu terreno. As coisas só se combinaram e pronto. Chegou-se a um tomate que seria o melhor do mundo.

Agora veja. Fui até a Campânia. Desde Positano, eu ia já caçando esse tomate, ao ponto de ofender a dona de uma venda de frutas e legumes, ela quase chorando, que os tomates de Sorrento eram também muito deliciosos, moça, esses aqui, ó, cultivados aqui perto, prove, prove esses, e eu guardando todo o paladar possível para o tal do San Marzano, a senhora ali tão machucada defendendo os seus frutos, eu tentando consolá-la provando todos os damascos que ela me oferecia.

Encontrar o San Marzano foi mesmo uma experiência única, e não só ao paladar, porque ele representa, na aldeia onde é cultivado, um remate, um nó na ponta de um novelo de cuidado, devoção mesmo, o desfecho da jornada pelo fruto sendo o máximo que o fruto pode ser, ou mais, sendo exatamente o que se espera dele. O fruto encerrando a sua rota, pelo fogo, terra, ar, água, o homem, a planta, o tempo e a persistência, e a cada ciclo completo toda a sua comunidade festeja, apresentam possibilidades de existir para o tomate, molho, pão, pizza, completam a trajetória e com os apetites saciados, recomeçam.

Não tinha segredo algum no heroísmo do tomate. Cada camponês era apenas o que era e cada elemento era apenas o que era e cada semente era apenas o que era. Não havia motivo para alarde além de deixar as coisas serem perfeitas ou imperfeitas, serem exatamente o que são. Aquele tomate único quer ser apenas o que em essência é. É isso.

Então, espera, não é que eu queria ser um San Marzano, um Cuore di Bue, esse ou aquele tomate, veja. Um tomate pode ser uma flor no centro de uma maionese ou um molho sem comparação, ele só nasceu para ser o que é, cada um deles faz o que deve fazer em cada prato. Uns precisam de algum açúcar, azeite, uns podiam ter sido colhidos depois, mas não há expectativas no tomate, diacho, eu me perdi um pouco, somos nós, percebe?, somos nós que criamos esses véus de expectativas, essas buscas sem fim, uma porta atrás de uma porta atrás de uma porta, nunca satisfeitos, nunca satisfeitos, mas porque tudo isso?, e se o tomate de Sorrento estivesse especial naquela colheita, eu nunca saberei, estava obcecada com o San Marzano e sua marca indelével na história dos tomates. Eu trouxe uns vidros de molho para o Brasil, umas latas de tomate pelado, e veja, eu fico comendo eles devagarinho, demorando, como se comer rápido fosse estragar a perfeição da jornada, como se provar tudo de vez fosse matar o prazer do tomate. Tolice, tolice, eu quero, é isso, eu não quero mais viver com medo, não sei do que tenho medo, é um medo danado de escondido mesmo estando sempre à vista.

LIII

[25°25'40.2"S, 49°16'45.7"W]

Abro o Google no navegador, coloco o cursor na barra de pesquisa. **PRECISO + ME + LIBERTAR.**

Primeira referência. Letra de música da Jovem Guarda. **Preciso me libertar.**

Nova vida quero construir
Mas sozinho não vou conseguir
É preciso que eu encontre alguém
Que no mundo já sofreu também
Se você sofre igual a mim
Venha logo, vamos construir a paz perdida.

Como dizer **Preciso me libertar** em inglês?

I need to set myself free.
I need to let go of this.
I need to break free.
Referência: "I Want to Break Free", da banda de rock britânica Queen.

Precisa se **libertar?** Por meio desta oração, desbloqueie o seu coração, ensina coach espiritual.

A lei da física é clara: dois corpos não ocupam o mesmo lugar no espaço.
Tampouco ocupam no coração de alguém.
Essa oração poderosa liberta o coração de todo sentimento amoroso:
Pai, em nome do Senhor Jesus Cristo, peço que o senhor liberte o meu coração do ... (incluir aqui o nome da pessoa).

(não encontrado: ~~me~~. Precisa incluir: me)

Vídeos. Comercial OB - A mulher independente.

Eu só uso OB,
quando eu **preciso**
me libertar,
me libertar...
(Narrador: OB. Faz parte da natureza).

Ache aqui frases e pensamentos sobre **libertar**.

Se **libertar:** como transcender o ego.

Libertar-se**:** Perdoar não é esquecer.

Libertar-se é **preciso** - dez dicas para parar de fumar.

Hoje acordei indisposta para estar indisposta.

Como se uma chuva tivesse caído e o solo tivesse molhado e a seiva tivesse corrido e o meu caule tivesse acordado verde por dentro sem razão aparente e preciso cortar esses galhos secos e essas folhas mortas e deixar que o meu corpo se expanda.

Abro a janela e o clima está ainda pior do que ontem. Além do vento, agora temos chuva e um degradê de cinzas nas nuvens. Nada de caminhadas no parque hoje.

Ando pela casa, aleatória, buscando, buscando nada, buscando qualquer coisa que eu possa mudar, que me tire desse lugar onde eu não sou Lara por inteiro, como se eu fizesse ideia do que é ser Lara por inteiro, sei que sei o que não é ser Lara de jeito nenhum.

Levanto o olhar para a coleção de bucaneiros na prateleira, quantos já são? Nós na barba, pernas de pau. Ganchos. Ali ao lado, destacada sobre um livro deitado, ela, a Morte Ruiva, Jacquotte, suficiente.

Na sobrevivência não há tempo para medo, não há tempo para se agarrar às arcas, pesadas, velhas como ideias, certezas que são só um traçado qualquer feito num mapa.

Todo brinquedo é completo se você souber brincar.

Abrir os caminhos e abandonar os tesouros ser potência ser possibilidade seguir planta nos misturando desde a raiz embaralhando nossos galhos aproveitando a sombra ou nos encolhendo pela falta de sol em razão do outro nos nutrindo ou nos sugando a depender da nossa espécie e então o outro não está mais lá e ficamos com aquele espaço desocupado nossos galhos sem o apoio a que estavam acostumados nosso terreno meio afofado talvez a água seja abundante mais do que as minhas raízes desejam mas talvez seja só adaptar.

Pego uma sacola na portinha de baixo da estante de livros, e jogo ali todos aqueles piratas-fantasma sem navio.

LIV

[37°06'55.8"N, 25°24'08.3"E]

Ele segue o fluxo do caminho, herói, enquanto o novelo em sua mão esquerda se desenrola e laça e puxa e ponto e laça e puxa e ponto, ele segue para a esquerda e para a direita, ergue-se um pouco para superar um aclive, em seguida inclina-se ladeira abaixo, o novelo saltitando a cada volta e laça e puxa e ponto e ele procura, o caminho espiralando no chão enquanto ele busca e ele já não enxerga mais o curso em sua cabeça, ele precisa confiar no fio e apenas, não há mapa em sua cabeça, o solo fluido tentando engolir-lhe os pés, sente as pernas ficando pesadas, procura não pensar na dor porque a dor é parte importante do trabalho, parte do desafio, sem a dor não há herói, ele entesa o corpo para prosseguir, tenta não se deixar distrair pela dança do novelo de lã na sua mão esquerda, laça e puxa espiralando na sua palma, na mão direita firma a espada sempre apontada para a frente, posicionada para a luta, assim ele anda da esquerda para a direita, da direita para a esquerda, na mão aperta o coração vermelho dela que se desenrola e se reduz a cada espirala no ar e laça e puxa e ponto dançando contente em suas mãos protetoras, seguro em sua palma, guiando a jornada, herói, falta pouco, os passos cada vez mais difíceis e as pernas pesadas e são tantas voltas e voltas nesse caminho, o novelo vai diminuindo, diminuindo e ele ali ficando cansado, mas ele sabe que no centro do labirinto não haverá mais a dor, na chegada não haverá mais a busca, só haverão respostas e seu ciclo se completará.

Ela acordou com um vento gaguejando em seus ouvidos, um som de flauta lhe batendo nas pálpebras, incoerente com o estado de fúria em que se encontrava. Tentou bloquear a sensação, mas a flauta já lhe arrebatava do desespero, como um zumbido antecedendo a surdez, como o epicentro de um tufão, calmo em meio ao caos. No emaranhado de fios que se acumulava em frente aos seus joelhos, tão dessemelhante do novelo que já houve, lhe parece haver mais lã do que antes havia, ela agora encarando o seu destino assim, nu, aberto, espalhado em todas as suas nuances de cor e textura, toda a tecedura desfeita. A brisa segue soprando, ela fecha os olhos, quase ouve a flauta dizer, é seu novelo, todo ele seu, apenas embaraçou, não está estragado, você pode refazer, vamos, pegue-o nas mãos, uma volta para a direita, uma volta para a esquerda, ela se arrasta até os fios, ela procura a ponta, ela puxa a ponta, ela laça, ponto, refaz o seu novelo, sente o fio deslizando sobre a sua palma, a lã roçando entre o indicador e o polegar, acarinhando-lhe a pele, suave, ela fecha os olhos e entreabre a boca, a flauta zumbido nascido do caos pingando-se nos ouvidos o remédio, penetra nas suas conchas, escorre pelos seus canais, a mão direita espiralando a lã, girando para a esquerda e para a direita, alimentando o novo novelo que se ergue, os fios se misturando com as linhas ancestrais na sua palma, roçando nas linhas ancestrais da sua palma, eles não se organizam mais da mesma forma, são novas reentrâncias e novas acomodações se desenhando, a flauta vai soando mais forte e mais forte, soprando em seus ouvidos um crescendo de contentamento, ela girando o fio e girando a bola que vai se agigantando em sua palma esquerda, nasce maior do que já foi um dia, há mesmo mais novelo depois que ele é refeito, ela não escuta nada mais além da flauta espiralando acordes de cura entre os fios do seu cabelo que quase se erguem no ar, ela espiralando o fio mais rápido e mais rápido até que a outra ponta se solta da sua mão direita para a sua mão esquerda, ela abre completamente os olhos, o novelo refeito na palma da mão, a face dela erguida para o céu, já é noite e não é noite, uma estrela cintila forte e desce, desce mais um pouco, cresce, desce mais, cresce mais, lhe cega ou lhe faz vidente, mais forte, mais forte, ela arqueia o corpo e agora ela tudo vê, ela despertou, o fio no novelo não quer mais marcar caminhos.

LV

[25º25'41.3"S, 49º16'15.3"W]

Parece que foi ontem que as pessoas escreviam cartas, eu mesma malmente me lembrando como se escreve uma, não era bem assim, né, uma carta se começa com o local e a data, lembrei, mas não vou recomeçar, porque já iniciei assim fora da norma e estou escrevendo em uma folha de papel de caderno que peguei emprestada do porteiro, tenho vergonha de pedir a ele que arranque outra página, pode ser um caderno importante para ele, então vou só deixar registrado para futuras consultas que estamos em Curitiba, a capital do Paraná, são agora 18:05 do dia 13 de dezembro, está um dia muito quente e abafado, mal consigo respirar, o que costuma dizer que acabaremos com muita chuva em breve e talvez granizo porque é assim que Curitiba funciona, você deve estar se perguntando porque estou escrevendo essas coisas, não sei bem, se devemos registrar a data e o local para contextualizar os futuros leitores das nossas intimidades, não deveríamos também anotar aspectos climáticos por precaução?, quem sabe se esses dados não serão úteis aos analistas das alterações climáticas sofridas pelo planeta durante essa segunda década do terceiro milênio, pois por isso digo desde já que hoje tivemos, segundo a TV, a maior temperatura do ano, com máxima de 33,5ºC, pode não parecer tanto, já que o Rio de Janeiro hoje alcançou 39,6ºC e tem expectativa de alcançar 40ºC na segunda-feira, mas para Curitiba já foi muito e o dia ficou bem-bem insuportável. Agora, segundo a norma, eu devo usar um vocativo, Caro Mariano, Querido Mariano, todos parecem tão fora de uso, vou escrever Oi, Mariano, que me parece um lugar mais saudável,

Oi, Mariano,

Comecei a pensar agora que eu podia lhe ter escrito só um e-mail, não sei porque não pensei nisso, eu sentaria aqui no sofá do lobby e digitaria essa carta no meu celular mesmo, mas acho que tive medo de não digitar com tanta sinceridade, porque no celular eu posso editar, mudar as minhas palavras, o tom, você não veria a minha letra oscilar para frente e para trás durante a escrita como está vendo agora, subir a linha, as emoções aparecendo no risco da caneta, você poderia achar que estou tranquila ao escrever porque escolhi as melhores palavras, e assim, bem, assim é como se tudo fosse mais real.

Nossa, eu cheguei na última linha da folha de caderno emprestada, levantei o olhar para o seu porteiro e adivinha. Ele já estava com uma folha novinha na mão me esperando. Que vergonha, se ele soubesse que eu apenas enrolei e enrolei por toda a primeira folha, mas a verdade, bem,

A verdade é que não sei como começar, ou seguir, nem tenho ideia de como vou terminar essa carta.

Há uns dias eu venho pensando no que são as pessoas, eu, você, essa coisa que são as pessoas. Bonequinhos como aqueles do Google Maps, que o universo carrega com o mouse, penduradinhos pelo braço, de repente solta em uma determinada coordenada geográfica, de repente estamos ali em um street view meio distorcido, debaixo dos nossos pés uma bússola e um norte, no chão quatro setas para seguir, às vezes miramos longe e andamos rápido demais, de repente perdemos um pouco a noção de onde estamos, às vezes tentamos voltar e acabamos seguindo outro trajeto sem conseguir retornar para o anterior, a questão é que quando o mouse solta o boneco amarelo no chão do mapa, não dá mais para enxergar tudo, só os quatro ângulos nas setas, se voltarmos ao mapa será um novo boneco, em um outro ponto da rua, é uma outra coisa, esse boneco amarelo precisa achar o caminho naquele ambiente que é o espaço que agora é seu, agora, mas nem tudo está visível para ele na foto, nem tudo aparece como ele espera, é uma angústia.

Eu sei que até aqui você entende, já fomos parecidos nisso, bonecos tentando achar sentido no caminho. Mas quero te contar que eu descobri uma coisa.

O mapa é o que eu quiser. Nada precisa ser traçado se eu quiser. Não tem uma espada cravada em uma pedra esperando a mão certa que a erga. Eu posso levar o meu boneco a dar voltas e voltas na praça e está tudo bem, eu posso tentar ler as frases nos muros, não há rota. O boneco é livre, meu amigo, captou? Eu posso deixar ele ir como eu quiser. Mirar longe e me perder de vez em quando, me achar de novo, seguir o fluxo. Decorar uns caminhos, descobrir uns novos. Não tem rota, Mariano. É isso. Deixar o boneco ir.

A segunda folha já vai acabar, vou parar antes que o porteiro missivista cheio de fé na minha prolixidade arranque outra. Vou deixar o boneco ir. Lara aqui escrevendo. Beijo.

LVI

[25°25'40.2"S, 49°16'45.7"W]

Olhei para o frasco de molho do San Marzano na estante da minha cozinha.

O último.

Abri num impulso ainda sem saber bem o que ia fazer. Prendi os cabelos para trás e fiquei alguns minutos olhando para o vidro aberto, sentada na banqueta alta da ilha da cozinha.

Ilha.

Tantos nadas a perder de vista.

São tantos véus que vêm se acumulando à minha frente que não consigo mais compreender o que é real, estou sozinha, não sei, não sei quem se aproxima, quem se afasta, não distingo mais os rostos, a luz quando incide me mostra uma cor que muda quando me viro, de repente tudo parece outra coisa, de repente tudo parece estar exatamente igual. São tantos véus e está tudo bem, são camadas em mim e está tudo bem.

Uma ilha mora em mim, quase que fecho os olhos e sinto o cheiro de mar, ouço o barulho das folhas das árvores murmurejando com o vento que vem do mar, o cheiro do verde salgado mareado. Eu ali sozinha, eu ali sentada no platô do alto de uma montanha, as espirais dos cabelos aleatórias seguindo as correntes de ar quente, as correntes de ar frio, o ar que sobe e desce, eu sem norte e sem um barco.

O mar com tantos tons de azul logo à frente, ondas imensas, se elevando subitamente sem qualquer aviso no horizonte, formando corcovas e indo direto à frente lamber as pedras, cobrir as pedras completamente e correr de volta ao oceano, deixando o rastro de espuma para trás.

As pedras ali imóveis abraçadas e deixadas de súbito pela água, perdendo suas reentrâncias para o mar, perdendo sua substância firme, se desfazendo aos poucos a cada encontro.

A gota de oceano que escorre pela reentrância da pedra, desliza pelas brechas e abre espaços, se esconde, se perde e deixa de ser mar, perdida no túnel e sem encontrar saída.

A farsa do mapa que encontra a resposta, os passos, para direita, para a esquerda e não se chega a lugar algum porque tudo já estava fora.

Tudo já estava dentro.

Na minha ilha todas as saídas me pertencem.

Abro os olhos, somos aqui agora eu e o frasco. Os últimos habitantes insulados.

Cria do sopé do vulcão, colhido pela mão deferente de um camponês bronzeado de lenço amarrado no pescoço, autossuficiente na sua fotossíntese, calhou o tomate de cair na companhia de uma pirata sem rumo e sem embarcação.

Vou até a varanda e abro todas as lâminas de vidro da sacada, num impulso por sentir alguma emoção, nenhuma emoção, liberdade. Sinto frio, muito frio. As araucárias todas contrastando com o céu avermelhado do fim de tarde, cor de tomate, e o vento gelado entrando com tudo no apartamento, arrastando as cortinas, derrubando papéis e voltando para trazer até o alto o cheiro da pequena horta.

Ali o verde intenso do manjericão contra o céu atomatado.

Colho algumas folhas, volto para a cozinha e deito-as na pia.

Os ingredientes já se misturam em mim enquanto escolho a panela.

LVII

[finale: allegro, accelerando]

Ao baú se espera que corresponda uma chave mas tantas vezes eles são só baús sem mistérios sem enigmas são só velhas caixas que se abrem com uma pilha de coisas velhas acumuladas em camadas de idade sobrepostas com véus e véus de história e toda ela se for ver bem se parece.

Se ergue a tampa da caixa devagar o olhar espreitando penetrando devagar o interior o conteúdo cintilando de expectativa da luz do mundo acordando ainda azonzeado ainda cuspindo a poeira de anos poeira no ar na luz tentando ser de novo cor e imagem.

Piratas não enterravam de verdade baús.

Piratas são hoje e agora são leves para serem rápidos são partilha e não acúmulo o calor do sol na pele e o suor do esforço e do medo a excitação da expectativa piratas são o saque e a luta.

O baú nos pertence é a história que inventamos o heroico que criamos a chave nos pertence somos nós os acumuladores de cortinas de experiências velhas de ressentimentos pesados graves somos nós os solenes somos nós enfurnados em túneis sem fim somos nós rejeito tabu quijila não sabemos deixar ir.

Estão em nós os mapas e os planos sem fim e a contagem dos passos as bússolas quebra-cabeças listas de afazeres respostas.

Caça-tesouros donos do fim da história a quem pertencem as conclusões.

Piratas não ligam para pontos finais nem mesmo ponto segmento ou ponto e vírgulas suas vidas se interrompem no curso no auge na busca na vírgula na vida em seu navio e desenhar um xis no destino no papel esse mapa entregue ao vento como um começo que flutua buscando uma mão que o decifre não pertence ao pirata.

Jacquotte e Anne, puro vento e nunca baú.

O tesouro nunca foi a meta o tesouro não pode ser a meta o tesouro é outro tipo de aventura.

E ela.

Amarrada no mastro sem perceber que a corda que a prende é uma corda frouxa ela puro medo de ventar medo de andar pela prancha sem enxergar que o mar pode ser raso e os tubarões podem ser só golfinhos ela amarrada ao plano carregando o fardo de pedras que nunca lhe pertenceu ela fechando as janelas e as tampas dos baús sinalando passos em um mapa sem xis no final ela sendo ela mesma esse mapa que leva a nenhum lugar e eu não posso procurar o xis por ela.

Cada pirata é dono da sua história cada um escolhe a figura de proa do seu navio cada um tem a senha dos seus canhões.

Cada um sabe o peso das suas âncoras.

Ela carne minha reclusa no navio que lhe pertence encalhado numa praia num plano sem xis uma bússola quebrada aquele homem já doente nunca nunca companheiro aquele carcereiro incapaz de navegar pura pedra puro peso buscando sempre outros rumos para mantê-la infeliz num cativeiro bem engendrado decorado com muitas convenções e pudores e segredos enfurnado no fundo tão fundo com gemas faiscando longe dos olhos da luz no peso no bolso do escuro do silêncio só medo.

Nunca poderei libertá-la. A chave do cativeiro dela não me pertence a chave do baú dela não me pertence não há heróis fora de nós mesmos.

LVIII

[allegro ma non troppo]

Foi difícil tirar tantas pessoas do meu centro de gravidade, não vou fingir que foi fácil, essa é a questão, todo mundo, depois que a explosão em si se dá e todos os estilhaços se assentam e o sangue estanca e a dor arrefece, gosta de fingir naturalidade, mas eu não vou fazer isso.

Somos seres desesperados por completude.

Ainda há algo em mim buscando essa completude, é como um rasgo que temos pulsando dentro, insuportável, insatisfeito, que acha que há algo a ser buscado para fora, um sopro para abrandar o calor, a água que fertiliza a terra, nunca dentro, sempre na paisagem. Olhamos, insaciados, olhamos buscantes para o outro, para as coisas, para os sonhos, para os caminhos, procurando para a direita, para a esquerda, nas esquinas, nas frestas dos muros que erguemos, a resposta, o Graal, a espada erguida sinalizando a vitória. Ele mesmo, o Mariano, mas não é só ele.

Nada aqui é sobre ele.

É sobre mim.

Eu quero muito amar de novo como amei o Mariano. A ideia do outro revoando pelo nosso estômago, as cascas caindo a cada encontro, a fala revelando a carne por detrás do sonho, as feridas ali abertas, as feridas já fechadas, e o sorriso que era tão sorriso vai passando a ser só sorriso, vamos esquecendo que o sorriso já foi mais do que só um leve abrir de boca com exibição de dentes, foi o vibrato no peito, a sensação de que se vai morrer só de se olhar o outro sorrir, a mão na mão dele borbulhando feito espuma de sabão, arrepiando a pele, de repente é só uma mão que não te deixa explorar caminhos, a mão é só mais um mapa, é mais um atalho, tenha calma, não precisa ter medo, vou te mostrar por onde ir.

Parece bom, parece bom, é bom, eu assim logo de cara gosto, ou gostava, não sei mais, a gente se perde tanto e se acha na vida, são tantos medos, tenho inclusive medo de dizer que nunca mais acontecerá e pá, olha eu lá de novo, às vezes dá um cansaço, de repente aquele túnel e você lá com frio e com medo e sozinha, surge aquela lanterna, aquele sorriso de lanterna que diz, tudo estará seguro, só me dá a mão, diacho, é difícil resistir ao impulso de seguir, nos aninhamos e tudo é quentinho no outro e parece tão certo no outro e sem frestas e sem falhas no outro e nos deixamos levar, vamos sendo levadas e logo não sabemos mais onde estamos, que caminho tomamos, como voltar, como seguir sem aquele farol. Pegamos o pincel para pintar o nosso quadro e não sabemos onde pincelar, nossas cores não combinam mais, as tintas parecem erradas, tentamos criar novas tintas e ainda parece errado e uma pincelada mais suave e ainda parece errado e demoramos a entender, demoramos a entender que não é a pincelada e nem as tintas que são afinal as nossas tintas tentando pintar o nosso quadro, são as tintas certas, o problema é esse quadro que não escolhemos, entende, não é nosso quadro. Não há equilíbrio para nós se não pintamos o nosso quadro, mesmo que haja dor e medo, o quadro vai estar em branco e é sua, só sua incumbência pintá-lo, dá medo, você tem lá as suas tintas certas e as suas pinceladas certas e as suas cores certas, tudo dentro das suas molduras, mas não é fácil, é difícil, é dolorido e muitas vezes transbordamos de dor, choramos de medo e angústia, mas precisamos pintar o nosso quadro, cada pincelada só nossa, precisamos escolher as nossas cores e as nossas molduras.

É isso. Uma mulher se esfacela muitas vezes em busca de paz ou amor ou apenas sentido, espalha os estilhaços das suas explosões, vê o sangue escorrer para longe das veias até estancar e assentar, e ainda que uns pedaços não se recuperem mais, seus erros e seus acertos lhe pertencem. Deve ser bom.

Empilhar as próprias vontades.

LIX

[25°25'40.2"S, 49°16'45.7"W]

Aperto o garfo com firmeza contra os morangos na panela, sem nenhuma pressa. Na cozinha de casa não há a porta que abre e fecha o tempo todo, deixando entrar por alguns instantes os murmúrios das pessoas com fome no outro lado, não há o som de metais contra metais, por isso esmago cada um dos morangos com firmeza, muito, muito lentamente, nesse espaço onde o tempo e o silêncio são os novos ingredientes da cozinha.

Manteiga.

Mel.

Sal.

Ligo o fogo e procuro calmamente a altura da chama. O cheiro começa a chegar até mim, vou mexendo lentamente para sentir melhor o cozimento. É bom.

Vamos, Lara, sem medo, descendo lentamente os pés e sentindo o chão, é um descampado, não há nada à vista, mas aguarde, em algum ponto do caminho você divisará alguma vegetação, talvez árvores, ou pessoas, o sol que está lá em cima é o mesmo, a areia que se acumula sob os seus pés é a mesma, você só precisa caminhar em busca de cenários.

Derramo na panela o vinagre balsâmico que deixei antes separado em um copinho, vou mexendo a mistura, para cima e para baixo, aguardando a redução, a textura de geleia já aparecendo.

Do costado do navio adiante, o mar se estende por milhas e milhas marítimas, sem alcances fora do barco sendo outra coisa além de água, água oscilando em ondas, água cobrindo todas as linhas imaginárias cruzadas desenhadas em um mapa qualquer, pontos que definem onde se vive o passado e onde se vive o presente ao mesmo tempo, o tempo e o espaço presos nesse tracejado que riscamos sobre nossas cabeças e que deixamos nos governar.

Paro um pouco para fazer os cortes no magret de pato, vou fazendo cada linha diagonal com a faca marcando a gordura com cuidado para não deixar que o fio alcance a carne, recomponho a peça na tábua, me posiciono e começo os cortes para o outro lado, vendo aparecer o xadrez na superfície.

As linhas fictícias definindo onde estará o passado agora, definindo onde estará o presente agora, nestes cruzamentos de linhas que são só um fingimento, uma tecedura que inventamos para nos guiar, nelas estão o fim de todos os prazos que nos governam, os locais de entrega impreteríveis dos objetos em nossa posse, o túmulo onde descansam os restos mortais de alguém, os caminhos que um carro deve percorrer para chegar até o seu destino, mas veja, Lara, levante a folha de papel vegetal sobre a folha de papel vegetal e não haverão prazos findos, tudo poderá ser feito mais uma vez e de outro modo, libertaremos o descanso dos restos mortais para as paragens que mais agradarem os seus fantasmas e, Lara, essa é a melhor parte, o destino do carro será o próprio caminho percorrido, ele pode entrar na rua cravejada de cerejeiras floridas para admirá-las e escolher ir pela margem do parque para acompanhar o rio Barigui, esse é o destino dele e todo o resto é puro medo de deixar os planos dançarem sem marcações prévias.

Desligo a panela dos morangos, aqueço a frigideira seca, deitando o pato nela com os cortes pra baixo para fazer a selagem. Ancoro o olhar na carne que doura, fecho um pouco os olhos para deixar que os sabores se construam em mim, volto à frigideira pra virar a peça, a cor já se alterando com o calor. Retiro a carne do fogo até o prato e começo a cortar as fatias bem finas, arrumando elas enfileiradas antes de regá-las com o molho.

Nenhum plano bem sucedido vai desmentir que as melhores histórias moram no acaso.

LX

[20º30'29.9"S, 29º20'27.0"W]

Não se sabe ao certo como as samambaias-gigantes foram parar na Ilha da Trindade. Botânicos afirmam serem essas plantas descendentes de minúsculos esporos de samambaias pré-históricas que teriam viajado até a ilha em correntes aéreas muito altas sobre o Atlântico, há milhares de anos.

Para chegar à mata das samambaias-gigantes dentro da

Ilha da Trindade, é preciso subir a trilha do Pico do Desejado, e, de lá, descer para a Fazendinha, como é chamada a parte da Ilha onde milhares de samambaias de até 6 metros de altura, com copas divididas em até dez galhos, enverdejam os penhascos.

A samambaia-gigante foi a única espécie na Ilha que sobreviveu à fome desarvorada das cabras ali deixadas, nos idos do século XVIII, por navegadores ingleses que circulavam pelas colônias britânicas nos arredores.

As samambaias são bastante conhecidas no registro fóssil, o que nos leva a inferir que estavam entre os 5% de vida na Terra que sobreviveu à extinção em massa ocorrida no triássico final.

Também são conhecidas por, na sua versão doméstica, serem supostamente capazes de retirar a energia negativa do ambiente, curando nas pessoas males como a melancolia e a tristeza.

Apesar disso, figurativamente, a planta costuma dar nome às pessoas estagnadas em suas próprias existências, seres humanos que não são capazes de produzir frutos consumíveis, temperar refeições, perfumar ambientes, matar animais de pequeno ou médio porte, espantar insetos, compor beberagens, reagir de uma forma específica à luz solar, armazenar água, fabricar espinhos, provocar alergias, arrebentar os vasos com suas raízes, curar doenças, mudar de cor e forma de acordo com o PH da terra, causar alucinações, alterarem-se com a despedida do inverno, exigir poda constante, exigir alguma poda.

A samambaia convive. Ela está para dinossauros como está para hipsters.

Samambaias são pura couraça.

LXI

[20º30'29.9"S, 29º20'27.0"W]

Algo no som que as grazinas faziam ao planar sobre sua cabeça já lhe pareciam presságios do que traria o odor metálico no ar daquela manhã. Os humanos não sabem e as aves não sabem, talvez nem elas mesmas cabras soubessem ao certo como acontece, mas é certo que uma cabra sente quando nenhuma insistência lhe permitirá permanecer. É chegada a hora. Uma cabra sabe, os humanos não fazem ideia, mas uma cabra sente. O ar de morte se aproximando. As grazinas talvez também sentissem, e fosse esse o motivo do seu assanhamento matinal.

Já há tempos ela não avistava outras cabras nos arredores, a comida andava cada vez mais escassa e ela reconhecia lá e cá rastros deixados nos montes da ilha pelos homens. Ouvira do seu avô, que ouvira do seu avô, o quanto era crucial evitar os homens, são inimigos, criaturas abomináveis, cruéis, atiram nas cabras pelas costas sem dó, sacrificam se não morrem no primeiro tiro, sem piedade, carregam inclusive consigo os corpos abatidos, sequer deixando que as cabras chorem os seus mortos.

Mas algo nessa cabra era diferente, ela não queria viver essa vida amedrontada, sempre se escondendo dos homens e das suas armas, não lhe apetecia sequer odiar os humanos. Queria era estar solta pela ilha até que o destino lhe alcançasse, fosse ele qual fosse, gostava de ouvir o cre-cre-cre das grazinas de manhã, de observá-las planando sobre as ondas, queria seguir comendo e bebendo distraída, indisposta a atentar pela presença ou não presença de humanos, ou mesmo dos caranguejos e das tartarugas, por vezes sequer atentava para as outras cabras nos arredores.

Até hoje. Hoje ela percebeu.

Está só. Todas se foram, apesar dos tantos cuidados e alertas mútuos. Todas elas sucumbiram, apesar do medo. Ela era a última cabra da ilha.

A constatação não surtiu nela qualquer efeito novo. Seguiu seus rituais matinais sem se alvoroçar, ao final, parou no ponto mais alto para olhar em volta, ouviu com calma o silêncio no vento lhe explicar sobre a imensidão de tudo que ela desconhece sobre a vida para além da sua própria vida, das coisas perdidas para sempre, de outras que ainda estão por vir. A ilha está triste, ela sente, ela queria berrar em seu consolo, mas a hora de se despedir ainda não chegou, há ainda muito a ser dito para a imensidão abaixo do pico, e apesar disso o cheiro de metal e pólvora está a cada minuto mais próximo.

Ela quer falar à ilha sobre a lição das cabras, a lição que ela aprendeu do seu avô e ele do avô dele, algo que toda cabra deve saber e nunca esquecer, a única meta de suas existências inteiras, permanecer. No barulho, no sol mais quente, na neve, da qual só ouviu falar, nos lugares mais altos ou perto do chão, em espaços minúsculos ou descampados, sozinha ou em bando, amarrada a um toco de pau com uma corda ou perdida em lugar ignorado, uma cabra deve sempre aferrar-se à vida, persistir a qualquer custo, ainda que haja sangue escorrendo do seu corpo e muita dor, a cabra deve encontrar o modo e a vontade para se manter em pé.

Trindade fecha os olhos, agradecendo a lição que as cabras deixam para si. Nunca pensou que seria ela a despedir-se da ilha, que seria ela a cabra derradeira, a última em pé na guerra que não escolheram lutar.

Dará agora o seu último berro. Já vê ao longe os homens carregando as suas armas, os corpos arqueados buscando seu inimigo. Ela berrará forte, para que o vento espalhe longe a lição das cabras, para além do mar e até todas as criaturas que vagueiam sem rumo por outras terras, a marca das cabras já passada para Trindade, é preciso sobreviver a qualquer custo, escancarar rochas e abrir túneis se necessário, fluir da terra para o ar e solidificar, brotar do chão improvável e se perpetuar, uma cabra sabe, e agora a ilha sabe.

O seu berro sai triste, os humanos não sabem o quanto uma cabra sente. Sente a estocada e queimar a carne e o seu peso desabar no chão contra a sua vontade, ouve o cre-cre-cre das grazinas excitadas com o barulho, o som misturado ainda ao eco do berro na sua mente, vê o líquido quente escorrendo do corpo, invencível, abrindo na terra seu caminho, persistente, sente um pouco de sede que pode ser só saudade e concentra em guardar na memória cada som da ilha dando-lhe adeus, o vento e o silêncio, os humanos já se aproximando e suas vozes já invadindo a despedida, concentra um pouco mais para bloquear os sons que não lhe pertencem, percebe a noite chegando cedo demais na ilha, fria, o céu naquele azul intenso salpintado de brancos quase como a espuma que encobre o mar, o céu descendo rápido tão pesado sobre seu corpo que parece doer, mas ela não se importa, uma cabra resiste, o chão está tão úmido agora que é quase como se seu corpo flutuasse sobre o mar, o céu azul deitando sobre o seu corpo, o último de toda a ilha.

LXII

[a modo suo, atto finale]

Dar o tempo de cada cena, achar os personagens, escolher a canção e o volume adequado a não abafar as vozes no palco.

Nem quando somos nós contando nossa própria história somos os únicos protagonistas. Somos tantas nuances de uma só cor, este lápis que risca forte e risca fraco e por vezes nem risca, tantos personagens e ainda um narrador suspeito, desses que vão sempre tentando tirar as falhas de caráter dos próprios tumultos.

Já há inconsistência demais no texto, muitos melindres escondendo as motivações, o novelo em minhas mãos se desfiando para tantas direitas e esquerdas e eu não amarrei a ponta. É tempo, agora, de puxar outra parte do fio e, bem, fazer um novo crochê. Talvez algum nó não se desfaça mais e eu precise incorporá-lo, ou tenhamos agora mais lã ou menos lã do que tínhamos quando comecei a desfiá-lo, não importa. Não importa mais.

A mim cabe só escolher os personagens e achar a canção certa e o volume e a dança, porque não tem roteiro, na real, estamos seguindo os fluxos, trôpegos, mas em frente. Eu, o pai, a mãe, o Mariano, a Beca, os fantasmas em nossos ombros e aqueles que sequer alcançamos que tentamos esconder em nossos baús trancados porque não há retornos só há o fluxo.

Esse mapa que me entregaram que eu mesma fiquei tentando desenhar e segui contando os passos escolhendo as pessoas para a cena o tom e a ordem das danças não quero mais.

Vou virar para fora o forro dos meus bolsos vazios e ignorar a hora em que o vento sacode com violência as árvores e o céu está quase negro e todos recolhem os seus pertences para ir para a casa. Eu me pendurarei no mastro, eu serei minha própria carranca na proa do barco, mostrarei os dentes para as tempestades e abrirei os caminhos no mar.

Quem subirá no meu palco depois que rasguei o mapa. Quem enfrentará a guerra comigo sem armaduras no torso.

Nem quando somos nós contando nossa própria história damos conta de segurar o roteiro com as duas mãos, ele escapa, liso, ele escorrega entre os dedos o tempo todo, peixe, ele se debate querendo ser livre, querendo ser jogado de volta ao mar. Todas as histórias, de um jeito ou de outro, pertencem ao mar.

LXIII

[25°25'40.2"S, 49°16'45.7"W]

Foram as melhores gargalhadas que dei nos últimos meses, mesmo agora lembrando começo a rir, e nem eram histórias realmente engraçadas, dessas que passamos adiante e os outros riem com a mesma intensidade, havia naquilo um cômico só nosso.

Já fazia bastante tempo desde a última vez que fomos só eu e a Beca na cozinha, trocando as facas porque ela sempre achava que a minha parecia cortar melhor. Não, a que você está agora corta melhor, espera, devolve, e íamos nesse vai e vem de facas, e apesar de tudo aparentar estar do mesmo jeito, nós inclusive nos esforçando para isso, estavam ali pessoas tão outras que nada era tão igual assim. Foi como reconciliar-se com a perda, recebendo a perda como um prêmio para então reencontrar o que antes se perdeu. Debaixo de tanta dor por não sermos mais juntas, ainda éramos tanto a mesma coisa como outra coisa.

Eu precisava de receitas rápidas, tinha sido convidada para cozinhar num veleiro em alto-mar. Podia dar um Google nas receitas, podia, mas era hora, era o tempo de abraçar as minhas partituras e procurar a garota do judô. Ela se assustou quando liguei antes de aparecer, me olhou esperando alguma solenidade, logo entendeu que eu só estava buscando um novo lugar no seu novo lugar.

Meu cunhado, perguntei, Na casa dos pais dele com a bebê. Como se a telepatia das longas amizades nunca se desligasse, apenas batemos a porta da casa dela, saindo da sala abarrotada de brinquedos coloridos direto para a minha cozinha de gente grande. A Beca tinha algumas ideias de receitas que me serviriam, novas pérolas da praticidade materna, ao mesmo tempo ela também parecia um pouco cansada de não ser às vezes experimentada por um paladar capaz de usar ambos os talheres. Eu e ela, não éramos mais a mesma coisa, cada uma tinha seu fluxo e escolhas para fazer, mas em Beca, bem.

Em Beca existem muitas Laras que eu preciso visitar, em mim há muitas Becas que não posso deixar que se vão. Nos seus platôs, cada uma delas morreu e renasceu, borbulhou e solidificou, cada uma delas é um ponto no tempo e no espaço que não desaparece.

Em cada uma delas a luz irradia nas frestas, o caule resiste chupando da terra toda nutrição possível, todas elas sustentando-se umas nas outras, seus galhos se apoiando, as raízes se entrelaçando, uma dando à outra o tanto de sol e sombra necessária, mantendo o terreno firme e seco, tempo e persistência, cada Lara é uma Lara no platô esperando a morte e renascendo, tempo e persistência, cada Lara é a mesma Lara e outra Lara, tudo dentro, tudo junto, tudo sendo, sempre outra gargalhada, mas a mesma gargalhada sempre.

LXIV

[20º30'16.2"S, 30º25'58.5"W]

Sinto esse céu pesado e leve sobre a minha cara, o vazio preto cuja distância do veleiro se percebe e não se percebe, como se, entre as minhas piscadas, ele descesse rente à minha testa e disparasse logo após para longe, um desbunde azul pinicado de brancos, uma redoma de calmaria densa sem limites e sem alcance.

Me mexo bem devagar, a almofada range um pouco, parece que abri um saco de fandangos durante um exame final e todos os alunos olharam para mim. Eu me mexo, a almofada range e todas as estrelas me encaram incomodadas. Chiu.

Algo pesa em mim mais do que o silêncio, eu estou com medo, não do desbunde de azul escuro, não do despautério de estrelas nele, nem da tontura que sinto do oscilar da minha percepção espacial quando olho para cima, o que me assusta está encalacrado nos meus ossos, não desce do céu, que é quase sempre o mesmo e do mesmo jeito, me assusta o tanto coisa que preciso encarar nessas horas em que tudo em volta se cala e o tempo permanece suspenso, com seus pingos de luz e nuances de azul negro. Tantas portas se abrindo de vez em mim, em salas onde há tanta coisa empilhada que só agora alcancei, coisas desesperadas para sair.

Dividir meus segredos com a noite, minhas verdades com os céus, trilhar as estradas que não trilhei, romper as portas trancadas por mim, e assim renascer e assim renascer.

Essa, porque pensei nela sempre sentada na sua poltrona azul, juntinho da janela porque a luz do sol é melhor para ver os pontos certinho, crochetando e ouvindo Zizi Possi, pensei nela o dia todo, quando mais cedo ri até engasgar na cozinha do veleiro porque quase joguei açúcar no frango, ou não foi só por esse motivo que pensei nela, passei o dia com tantas pessoas dançando na memória, o pai e suas rochas coloridas, a sua mãe, minha avó-tabu, pensei no irmão dele do qual nunca se fala, quijilas, pensei na vida invisível pregressa deles da qual nunca se fala porque o passado para eles é sempre feio, é pesado, sujo e só lhe cabe palmos e palmos de terra.

E o peito pesa porque só aguardava que a noite preparasse o cenário e o silêncio abrisse as suas portas para me lembrar de que nada que se encarcera no fundo da terra será esquecido, nada colocado nela é enjeito, pois se é da terra, e isso uma cozinheira sabe, se está na terra por anos superposta de mais terra e matéria orgânica, restos de criaturas findas, partículas arrancadas pelo vento das rochas, cinzas largadas pelo fogo ao esvaecer-se, a terra lava, terra água, terra útero, absorvendo sangue e ossos de homens e mulheres já idos, o fruto apodrecido e as suas sementes, morte e vida, a terra abraça todo esse tesouro incompleto em si, nela o passado, mesmo quando feio ou sujo ou pesado, se penitencia, se redime, se perdoa, deixa de ser o que era para escolher voltar a ser vida, tempo e persistência.

A dor dessa história toda enterrada tão fundo, é minha e é nada minha, umas cicatrizes que não sei onde estão no meu corpo, não sei se fecharam bem, são riscos feitos em mim quando nasci da parte da minha existência que não me pertence, mas está sinalizada na minha carne, ardida, viva, como um mapa maldito, uma marca negra que não consigo tratar, não me deixam.

Começo a soluçar, soluço mais baixinho para ninguém ouvir, se vier alguém para a proa ver o que aconteceu estou ferrada, chorando e ouvindo Zizi Possi, vou ser a piada da regata toda. Cato o celular para olhar a hora, faltam vinte minutos para o fim do turno do meu grupo. Olho para as gurias lá atrás, já, já desceremos todas para descansar e vai ser a minha hora de trabalhar pesado, preparando o lanchinho antes do descanso.

Encaro de novo as pintinhas no pretume lá do alto, ergo ambas as mãos para sentir o nada e a distância entre mim e elas, finalmente. Quanto céu sobre nossas cabeças, meu deus, quantos quilômetros de coisas que não temos ideia de onde estão, se elas estão correndo atrás de nós ou na nossa frente, se estão nos empurrando ou nos aguardando na linha de chegada. Fecho e abro os olhos e fico assim respirando fundo o silêncio do mar, para dentro, para fora, azul em cima de azul, deixo doerem livres essas cicatrizes nos seus lugares que desconheço, inalcançáveis, vou deixando latejar o sangue que segue andando em seu pulso, comprimido nos seus túneis, talvez ele esteja correndo para longe, talvez ele esteja voltando para casa.

Sento para olhar o corte do veleiro no mar em frente, o corte perfeito no mar calmo, roça, rasga, espuma e reconstrói, não sem deixar alguma agitação. Um porto onde chegar, nenhum porto, não há retas, a vida é um circuito cuja estrada, não se sabe, mas segue em espiral.

LXV

[requiem, libera me]

A velha arca abre como a mão do mágico da qual se puxa um véu amarrado a outro véu amarrado a outro véu e outro véu e véu e véu até que o último véu deixe a plateia com sua falta de respostas coerentes, na arca se acumulam histórias, nenhuma delas sozinha, nenhuma delas completa, todas esperando algo que as sustente, algo capaz de lhes dar forma geométrica perfeita, mas a arca é como um Resta Um infinito, um baralho em que o rei se extraviou e onde se joga com o curinga fazendo as vezes da carta perdida.

O desespero por ciclos que se fecham com coerência guia os viajantes, criaturas compulsivas por espaços e coordenadas cruzando-se no mapa, empurra pessoas a seguirem umas às outras, umas em busca das outras, olhando umas para as outras atrás do que no outro é hábil a fechar o jogo e o próprio placar.

Mas falta, segue faltando, apenas um véu, outro véu, outro véu, nada sólido o suficiente.

Onde está o sentido, onde está o sentido de tudo, ir atirando os véus para fora da arca procurando, procurando, vagando por espaços, pelo tempo, no passado, no futuro, até agarrar o último véu, o qual, transparente, me revela só a sombra dos velhos riscos na palma da minha mão que nem um mapa eram, que eram só a minha substância, a minha carne às vezes nua, exposta, às vezes dura, encouraçada, no final nunca foi sobre mim, no final eu fui só mais um véu amarrado a outro véu e outro véu.

Quanta água desaguando no mesmo mar, quantos rios seguindo lapidando pedras correndo com brutalidade, com elegância, para ao final ir ter com a água salgada, diluir-se na mesma água salgada terminando o seu curso sem realmente terminar, empurrando e sendo empurrado, calma e caos.

Eu, Larimar, pedra que dança rio abaixo, rasga e cicatriza, aceito meus verdes e azuis, entreabro as janelas, permito que a luz mostre e não mostre, plano sobre a falta de respostas com a leveza de poder ser pergunta, ser existência sem maiores necessidades, criar frestas no rosto e se deixar não explicar, nem querer explicação para nada.

Feito pirata. Resgatar o que lhe foi negado injustamente, seguir contramaré à margem empreendendo força no contrafluxo, derrubar as barragens construídas sem justo motivo e ainda que a terra seja árida e a chuva pouca, rasgar a casca da semente e ocupar a paisagem planejada com ramos resistentes a poda.

Olhe as estrelas e rume. Solte o boneco no mapa e deixa ir.

A água é interminável e os caminhos são tantos, tudo tão permanente e tão perene. Que tudo seja rumo.

Que seja enigma.

Que seja dança sem música à vista, a morte que não aniquila mas perpetua, estrangeira nunca convidada para a festa para quem a festa é afinal dada, o grito sem propósito que arromba a superfície e se sedimenta. Enlouquece, arrefece, permanece.

LXVI

[20º30'17.6"S, 29º19'02.2"W]

Do bote, desembarcando na ilha, o meu olhar travou na carcaça de um navio.

De longe lembrava uma rocha pontuda deslocada, marrom avermelhada, semi submersa próximo à praia, mas logo se desenhavam as falhas na estrutura, e dentro delas pedaços da paisagem da enseada com suas pedras e vegetação. A proa, embicada, pouco tinha da sua cobertura, sendo quase que só o seu esqueleto, suas linhas despreenchidas lembrando a cabeça de um animal imenso, jurássico, tentando manter-se emersa, gritando por socorro, enquanto as ondas violentas invadem a sua boca atirando-se nas falhas do seu corpo, tentando pouco a pouco extinguir seus restos, ambas as forças embirradas, persistindo.

Do bote, o meu olhar travado na carcaça procurava não pensar que também nós éramos força contra as ondas, que elas, jurássicas como tudo naquela ilha, também a nós desejavam se sobrepor, nos penetrar as frestas com suas garras de água, lutando para permanecer, subsistirem intactas à ação dos que pisam sem delicadeza, colidindo contra a sua existência.

Eu sentia os corais sendo resistência abaixo de mim e as ondas de três metros sendo resistência acima de mim e fixava meu olhar na proa logo à frente que deixou de ser navio, na proa que a ilha dominou e congregou feita sombra na sua paisagem, atirando contra ela toda a sua fúria, dia após dia, até que ela se desmanche na água e seja completamente coisa sua.

O tempo se desfez no ir e voltar do bote do veleiro até a praia, na luta que também era dança da coisa com a fúria da água, eu por vezes pensando que chegamos e estávamos de volta, até que a ilha nos engolfou, nos aceitou, e me espalhei sobre as pedras até estar pronta para me recolher de volta ao corpo, que, eu já sabia, não estaria mais do mesmo tamanho.

A alma e o corpo, quando se engalfinham para permanecer, nunca se encaixam de volta do mesmo modo. Alguns pedaços podem se perder ou algo novo grudar na estrutura, que quando se vê já virou outra camada.

LXVII

[20º30'29.9"S, 29º19'24.0"W]

Olhei para o alto de dentro e debaixo da profusão de samambaias gigantes, com todo seu espalhafato verde, e uma parte da minha consciência se apagou, bem aquela camada da mente que percebe o tempo passando, como se, ao entrar naquele lugar, o tempo criatura tivesse ele próprio se esquecido do que era, distraído de ser tempo, perdido entre aqueles tantos galhos sendo apenas galhos e há tanto, desde quando ele mesmo tempo ainda não se reconhecia muito bem e era mais alheado das suas réguas. Não apenas ele. Desligou-se também a camada que nos lembra quantos passos faltam para chegar de um ponto ao outro para onde pretendemos ir, pois o logo ali e o adiante, naquele lugar, são idênticos, andamos, andamos, mas tudo parece ser gradativamente menos caminho do que é presença, se perdem os minutos e os dias e também as rotas, não se vê mais trajetórias e então se descobre ser possível caminhar e caminhar por ali apenas sendo. Em se estando, não haverá medidas.

Os muitos muitos braços aleatórios desorganizados de folhas para cima e para baixo, os troncos se trançando sem nenhuma ordem ou critério, o som vindo do chão das nossas pisadas nos galhos mortos já deitados na terra, se permitindo ser chão finalmente, podendo, assim, sem desaparecer, dar lugar aos novos galhos para encontrar no emaranhado de outros galhos um caminho, desenham naquela floresta de uma única espécie a sua resistência, sua teimosia em conviver a todo custo.

No alto dos troncos, o desenho dos galhos lembra grandes leques cruzados, espinhas trançadas umas às outras, todas deixando passar pelas suas frestas alguma pouca luz, que entra colorindo todo o desenho com muitos tons de verde, as folhas minúsculas presas em cada risco parecendo cintilar a cada sopro do vento, formando juntas o teto almofadado e iluminado sobre as nossas cabeças, tipo os desenhos de nuvem que fazemos no pré-escolar.

A floresta toda era um imenso abraço coletivo de folhagens, umas se curvando em direção às outras, galhos idênticos mas não, porque cada um atirou o seu veio para um curso em busca do sol, cada risco se trançando ao caminho do outro na rota pela sobrevivência, sendo floresta mas sendo igualmente semente, árvore, galho, folha, chão.

Algo em mim cantou a bola, talvez liberdade seja bem assim.

LXVIII

[20°30'27.1"S, 29°18'53.4"W]

Ilha da Trindade, 3 de fevereiro de 2019

No solo de Trindade onde piratas e astrônomos e conquistadores sentaram buscando poder e valor, o tesouro é a lição. Não há saída, não há busca, tudo já está dentro.

Esse é o meu segundo e último dia na Ilha e já tenho mais coisas para escrever neste livro de visitantes do que em toda a minha biografia até aqui.

Imagino quantas pessoas já não tentaram aqui descrever o que sentiram no alto do Pico do Desejado. A sensação de imensidão. A beleza natural nua à frente. Liberdade.

Eu, ali do alto, me vi pensando nos meus pés e em tudo que abaixo deles os sustentava, toda aquela sequência de elementos sobrepostos, camadas de existência superposta. O tanto de pequenas coisas agora lá embaixo escondidas, espécies de peixes desconhecidas vivendo como se os anos não estivessem passando e passando, como se não houvesse pessoas negando o aquecimento global ou que a terra é redonda.

Não há insegurança naquele alto quando desço o meu olhar. Há apenas gratidão.

Essa ilha é como uma circunferência perfeita. Uma gota de paraíso que o oceano permitiu que víssemos 600 metros acima do nível do mar. Para si, guardou o enigma.

A força do fogo que rompe o solo e explode. A força da água que rói a rocha e a esculpe. Seres vivos resistindo à extinção e seguindo seu curso. É o tesouro deitado em Trindade, o que o xis no mapa não aponta. Nada no interior do buraco feito pelo mar na rocha vulcânica importa além da força da água baque a baque perfurando a rocha de magma, a mão do mar se erguendo em ondas feito corcovas de camelo ano a ano, chocando-se contra as paredes do túnel, alterando a sua substância com violência mas também delicadeza, desenhando hora a hora o que somente milênios depois vai ser visto.

As camadas e camadas de magma, camadas e camadas de instantes, camadas e camadas de natureza expelida gritando que as coisas não são as mesmas e as coisas são exatamente as mesmas.

Lara Azevedo
Tripulante do veleiro Aljubarrota,
Regata Eldorado Brasilis, nona edição.

Sobre a autora

Helena Argolo é escritora, advogada e jornalista. Nasceu em Santo Antônio de Jesus, no recôncavo baiano, em 1978 e cresceu em Salvador. Frequenta oficinas de escrita na Esc. Escola de Escrita desde 2015 e foi em 2019, em uma dessas oficinas, que deu forma a este romance. Hoje, trabalha com revisão e edição de textos jornalísticos e literários, escrita corporativa e *legal design*. No terceiro setor, também atua junto à ONG Mãos Invisíveis, em Curitiba. Morou do Norte ao Sul do país e caminhou por sete anos sobre os labirintos de Curitiba. Voltou em 2020 à capital baiana, para respirar salitre defronte à praia de Stella Maris.

Este livro foi produzido no Laboratório Gráfico
Arte & Letra, com impressão em risografia e
encadernação manual.